D1687869

La saignée.

MANU LARCENET
LE RAPPORT DE BRODECK

TOME 2/2 ❋ L'INDICIBLE

Adapté du roman de Philippe Claudel
World copyright © Éditions Stock, 2007

Büchereien Wien
Hauptbücherei
Urban Loritz-Platz 2a
1070 Wien

DARGAUD

PARIS BARCELONE BRUXELLES HONG KONG LAUSANNE LONDRES MONTREAL NEW YORK SHANGHAI

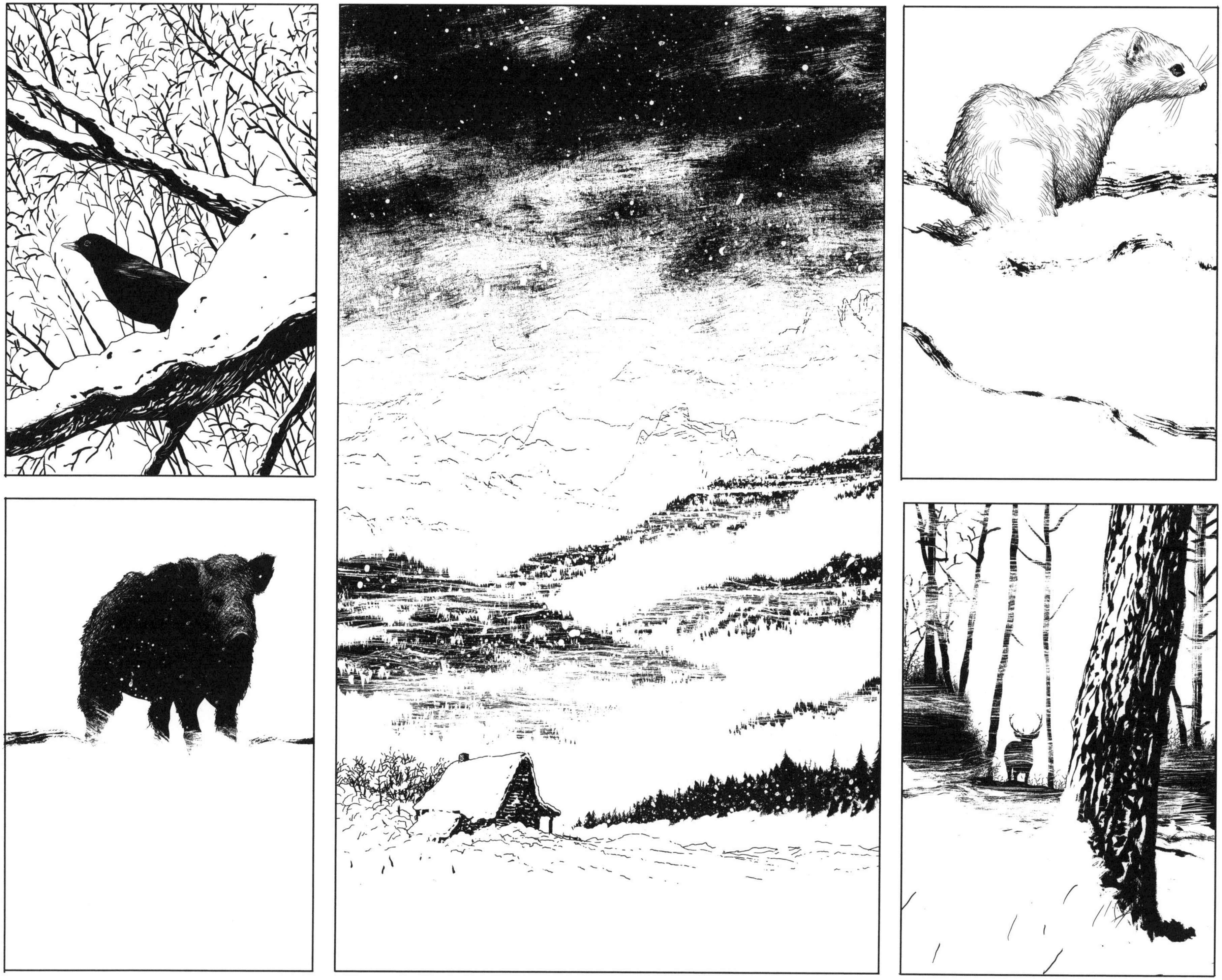

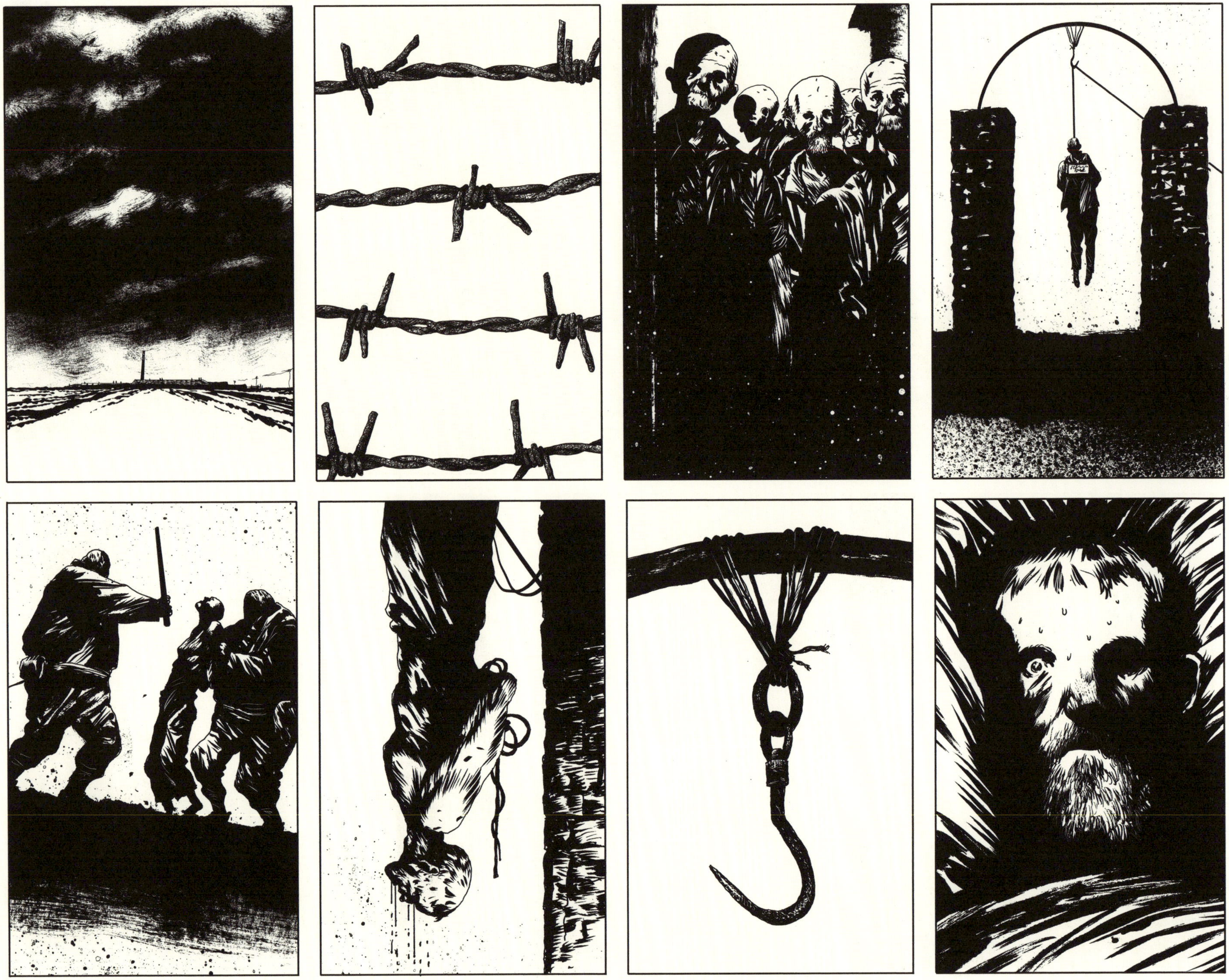

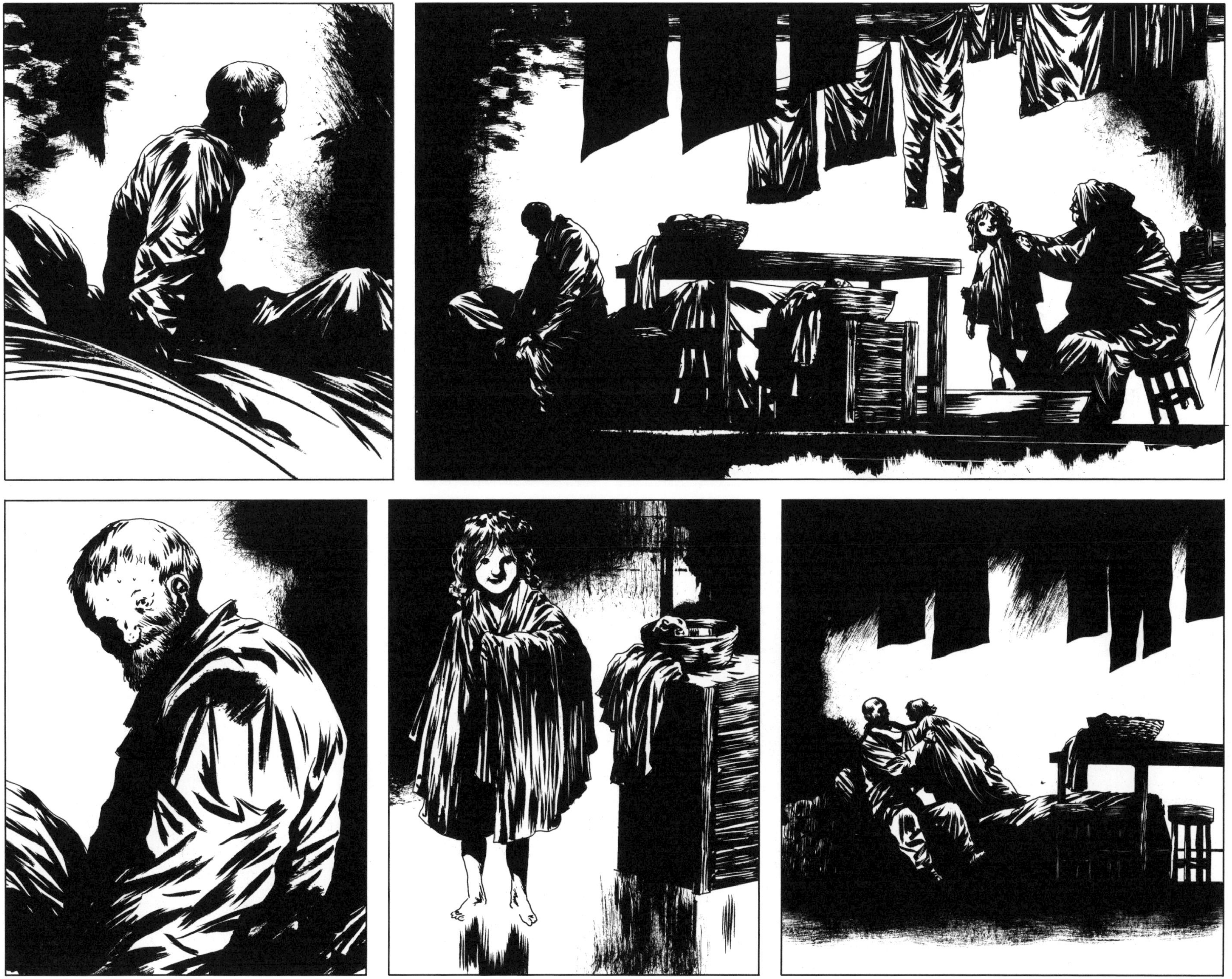

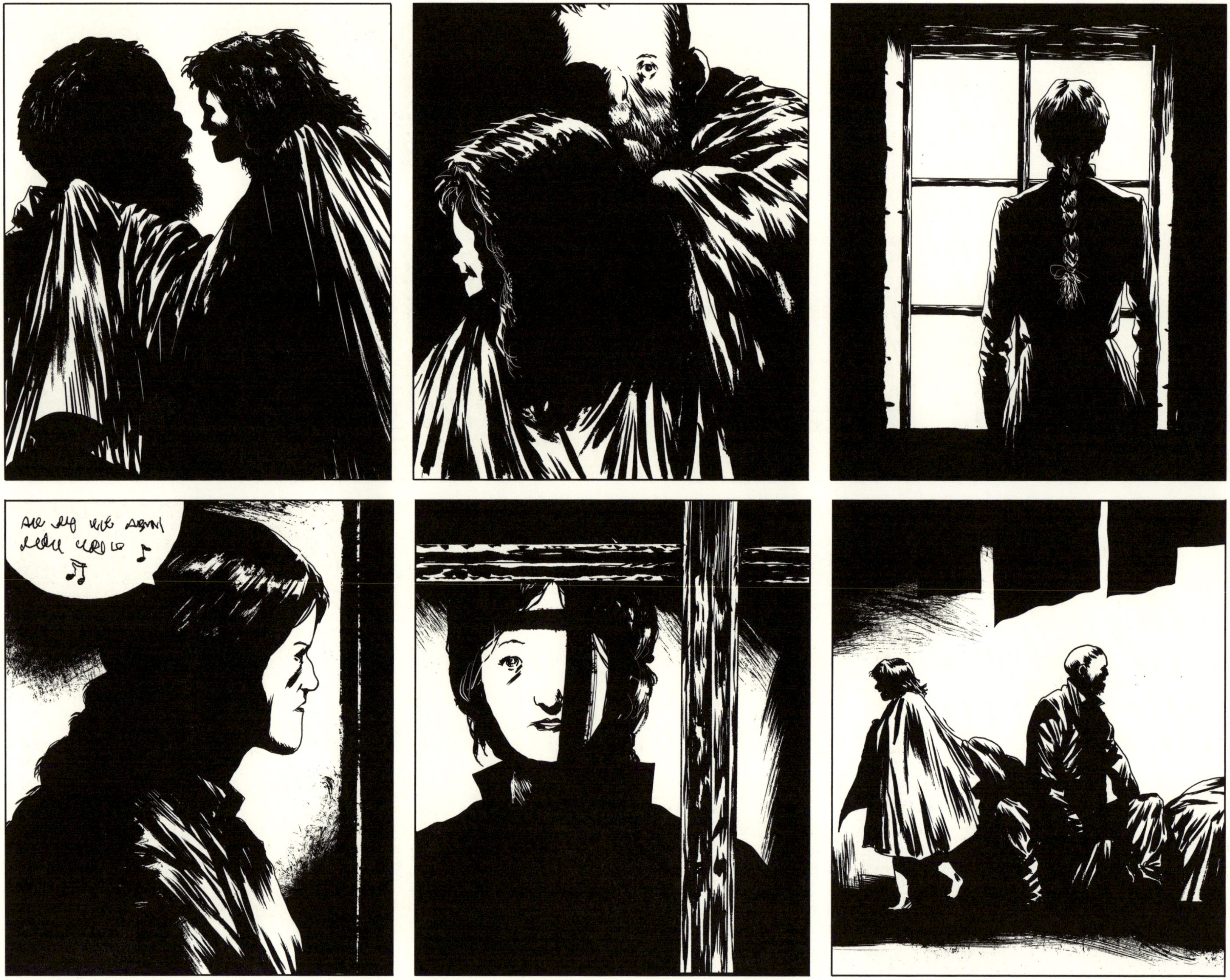

DANKELISH, FÉDORINE.

HIER SOIR, QUAND SCHLOSS M'A MONTRÉ LA CHAMBRE DE L'ANDERER, J'AI PRIS PEUR.

IL NE RESTAIT PLUS RIEN, MÊME PAS LE LIT... COMME S'IL N'ÉTAIT JAMAIS VENU PAR CHEZ NOUS, COMME S'IL N'AVAIT JAMAIS EXISTÉ.

NOS VOIX RÉSONNAIENT TROP FORT DANS CETTE PIÈCE ÉTROITE ET VIDE. JE CRAIGNAIS QUE TOUT LE VILLAGE NE NOUS ENTENDE...

JE CRAIGNAIS QUE LES HOMMES NE REVIENNENT...

...POUR MOI, CETTE FOIS.

UNE FOIS LES QUELQUES TACHES SUR LE MUR NETTOYÉES, NE RESTERA DE L'ANDERER QUE SON SOUVENIR...

...ET LES HOMMES D'ICI SE FLATTENT D'AVOIR LA MÉMOIRE COURTE.

JE SAIS QUE TU NE M'AIMES PAS BEAUCOUP, BRODECK...

...MAIS JE NE SUIS PAS LE PIRE, TU SAIS.

JE FAIS CE QU'ON ME DIT, C'EST TOUT... JE NE VEUX PAS D'HISTOIRES, MAIS ÇA NE M'EMPÊCHE PAS DE PENSER...

BIEN SÛR QUE J'AI SERVI À BOIRE AUX SOLDATS QUAND ILS ONT OCCUPÉ LE VILLAGE... MAIS J'AURAIS DÛ FAIRE QUOI?

JE N'ALLAIS PAS ME LAISSER TUER POUR NE PAS AVOIR FAIT MON TRAVAIL!

« J'AI TOUJOURS REGRETTÉ CE QUI T'EST ARRIVÉ, BRODECK... ET JE N'Y ÉTAIS POUR RIEN. »

« QUANT À CE QU'ILS ONT FAIT À TA FEMME... »

« MON DIEU! »

« MOI AUSSI JE L'AIMAIS, MA FEMME, TU SAIS... »

« DEPUIS QU'ELLE EST PARTIE, JE NE VIS QU'À DEMI. SI GERTHE AVAIT ÉTÉ LÀ PENDANT LA GUERRE, PEUT-ÊTRE QUE JE NE LEUR AURAIS PAS SERVI À BOIRE, AUX SOLDATS... »

« PEUT-ÊTRE QUE JE LEUR AURAIS CRACHÉ À LA GUEULE... »

« ...PEUT-ÊTRE QUE L'ANDERER SERAIT TOUJOURS EN VIE... PEUT-ÊTRE QUE JE ME SERAIS FAIT TUER PLUTÔT QUE LUI SOUS MON TOIT... »

TU NE SAIS PEUT-ÊTRE PAS QUE NOUS AVONS EU UN ENFANT, JADIS... UN GARÇON... IL N'A VÉCU QUE QUATRE JOURS ET QUATRE NUITS...

LA PREMIÈRE FOIS QU'ON ME L'A MIS DANS LES BRAS, C'ÉTAIT COMME... COMME SI J'ÉTAIS UN HOMME NOUVEAU... COMME SI, AVEC LUI, JE NAISSAIS UNE SECONDE FOIS.

JE LUI AVAIS FAIT UN BERCEAU DANS LE TRONC D'UN BEAU NOYER. TU L'AURAIS ENTENDU, LE PETIT, TAPER LE FOND DE TOUTES SES FORCES, AVEC SES PETITS PIEDS... ÇA FAISAIT LE BRUIT DES COGNÉES LOINTAINES DANS LA FORÊT...

GERTHE VOULAIT L'APPELER "STEPHAN" ET MOI "REICHART"... ON SE CHAMAILLAIT EN RIANT, ELLE ET MOI... C'ÉTAIT DEVENU UN JEU QUI FINISSAIT TOUJOURS PAR DES TENDRESSES...

UN MATIN, JE N'AI RIEN ENTENDU. GERTHE N'ÉTAIT PLUS DANS NOTRE LIT... ELLE ÉTAIT PRÈS DU BERCEAU... IMMOBILE... JE L'AI APPELÉE, MAIS ELLE N'A PAS TOURNÉ LA TÊTE...

JE SUIS ALLÉ VERS ELLE, EN CHANTONNANT LES PRÉNOMS... REICHART, STEPHAN... ELLE S'EST RETOURNÉE D'UN COUP ET S'EST RUÉE SUR MOI, FRAPPANT, GRIFFANT, MORDANT COMME UNE BÊTE...

— IL EST MORT SANS NOM...

— DANS LE BERCEAU, J'AI VU LE VISAGE DE L'ENFANT...

— IL AVAIT LES YEUX CLOS... SA PEAU AVAIT PRIS LA COULEUR DE L'ARDOISE...

— JE PENSE QUE C'EST ÇA QUI L'A TUÉ UN PEU, AUSSI...

— PARFOIS, JE RÊVE DE LUI... IL TEND SES PETITES MAINS VERS MOI... ET PUIS IL S'EFFACE...

— ...ET MOI, JE N'AI PAS DE NOM À HURLER POUR LE RETENIR.

14

LE VIN CHAUD NE PASSAIT PAS. IL ME DÉCHIRAIT LA TRIPE COMME UNE PELOTE D'AIGUILLES.

LES MOTS DE SCHLOSS TOURBILLONNAIENT SANS FIN À MES OREILLES, ET FAISAIENT BOURDONNER MON ESPRIT.

J'AVAIS BRIÈVEMENT VU L'HOMME DERRIÈRE L'HOMME... COMME UN PAYSAGE AUX RELIEFS HARMONIEUX, CACHÉ AU BOUT D'UN CHEMIN ARIDE ET PIERREUX.

JE NE POUVAIS CEPENDANT M'EMPÊCHER DE DOUTER DE SA SINCÉRITÉ.

C'EST LÀ LA GRANDE VICTOIRE DU CAMP SUR LE PRISONNIER...

S'IL EN RÉCHAPPE, LE PRISONNIER NE POURRA PLUS JAMAIS REGARDER SES SEMBLABLES SANS Y VOIR LE DÉSIR DE TRAQUER, DE TORTURER, DE TUER.

CHAQUE MATIN, DÈS QUE JE SORS DU SOMMEIL, C'EST LA PEUR QUI M'ASSAILLE. JE SUIS DEVENU UNE PROIE PERPÉTUELLE.

JE PORTE EN MOI ET POUR TOUJOURS LES FERMENTS DE LA DÉFIANCE ET DE L'INTRANQUILLITÉ.

DUMKOPF!

JE REPENSAI À CE QUE M'AVAIT DIT LE CURÉ PEIPER, À PROPOS DE L'ÉGOUT ET DE LA CONFESSION...

ILS AVAIENT DÛ TOUS Y PASSER, À L'ÉGLISE... SCHLOSS LE PREMIER!

DANS LE SECRET DU CONFESSIONNAL, IL AVAIT CERTAINEMENT REGRETTÉ... ÇA NE MANGE PAS DE PAIN, ÇA REND LES MAINS PLUS PROPRES.

POURTANT, JE ME SOUVIENS DE LUI, LE SOIR DE L'EREIGNIËS... IL N'AVAIT PAS LA GUEULE D'UN HOMME SAISI PAR L'HORREUR DE CE QUI VENAIT DE SE PRODUIRE SOUS SON PROPRE TOIT...

IL ÉTAIT LÀ, AVEC LES AUTRES... COMME LES AUTRES...

CEPENDANT, JE NE POUVAIS M'EMPÊCHER DE PENSER À SON ENFANT MORT.

JE T'AI LAISSÉE, EMÉLIA... ILS M'ONT EMMENÉ ET JE N'Y POUVAIS RIEN...

DIS-MOI DES CHOSES... DIS-MOI CE QUE NOUS SOMMES DEVENUS...

CESSE DE CHANTONNER, JE T'EN SUPPLIE... CET AIR ME FRACASSE.

LAISSE DONC SORTIR LES MOTS... JE SUIS SI FATIGUÉ QUE JE PEUX TOUT ENTENDRE.

UN PAIN GRIS, UN DEMI-JAMBON ET DES POIRES AU SIROP...

JE NE POUVAIS QUE FAIRE LE LIEN ENTRE CE PAQUET ET MON AUDITION À LA MAIRIE.
ON ME PAYAIT DONC UN PEU, POUR LE RAPPORT. POUR CE QUE J'AVAIS DÉJÀ ÉCRIT...
...ET SANS DOUTE POUR CE QUE JE N'Y AVAIS PAS CONSIGNÉ.

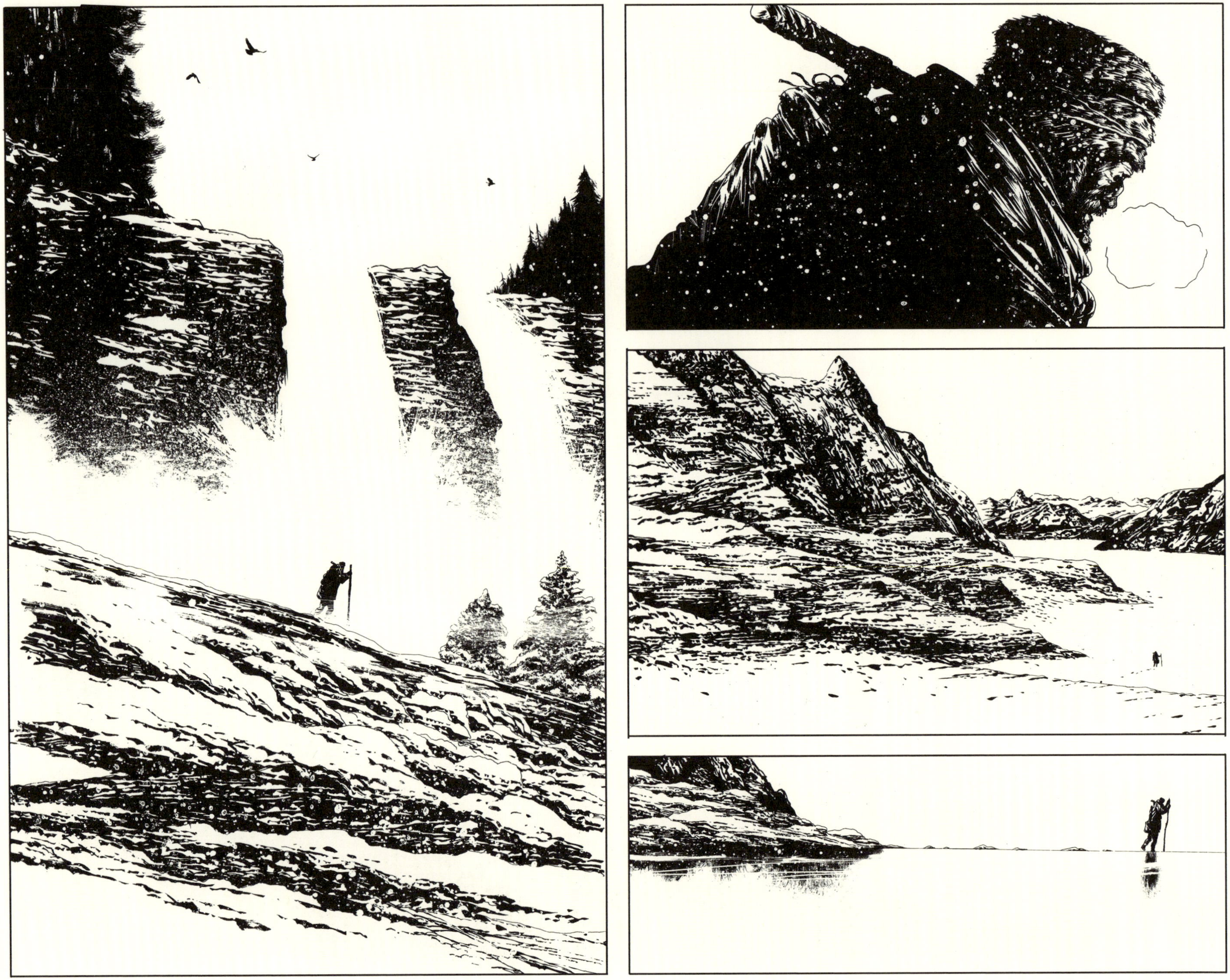

21

IL ME FAUT REVENIR AU PREMIER JOUR, AU PREMIER SOIR, PLUTÔT, CELUI OÙ L'ANDERER EST ARRIVÉ AU VILLAGE...

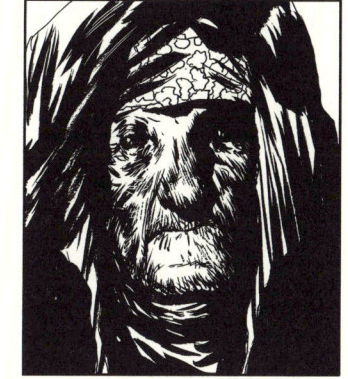

J'AI INTERROGÉ UN BON NOMBRE DE CEUX QUI ÉTAIENT LÀ ET ILS M'ONT TOUS RACONTÉ LA MÊME HISTOIRE.

- Je vous salue, monsieur.
- Mes amis et moi avons fait longue route et sommes bien fatigués...
- Quels amis?
- Seriez-vous assez aimable pour nous offrir l'hospitalité?

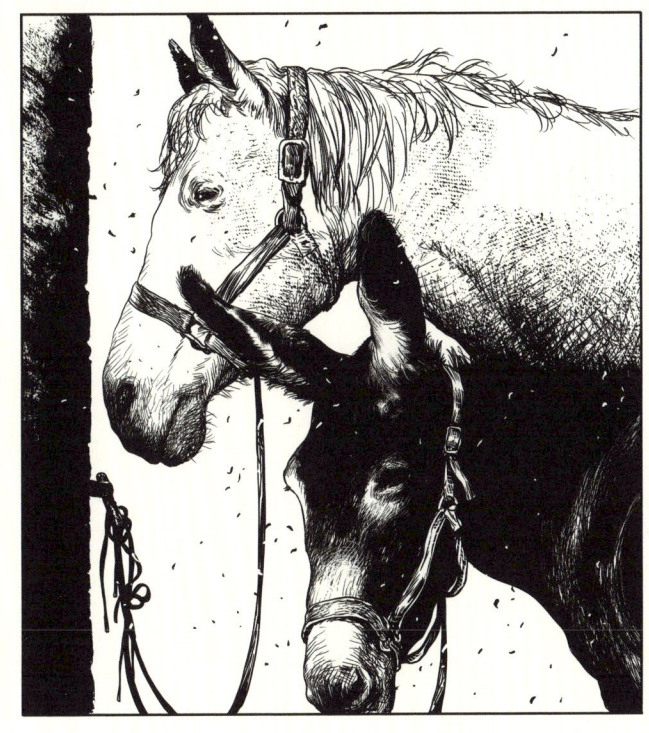

ÇA A DÛ LUI FAIRE TOUT DRÔLE, À SCHLOSS, D'AVOIR UN CLIENT!

LES DERNIERS AVAIENT ÉTÉ LES SOLDATS.

VOUS...

...VOUS COMPTEZ RESTER LONGTEMPS?

JE PENSE QUE NOUS ALLONS NOUS INSTALLER ASSEZ LONGUEMENT.

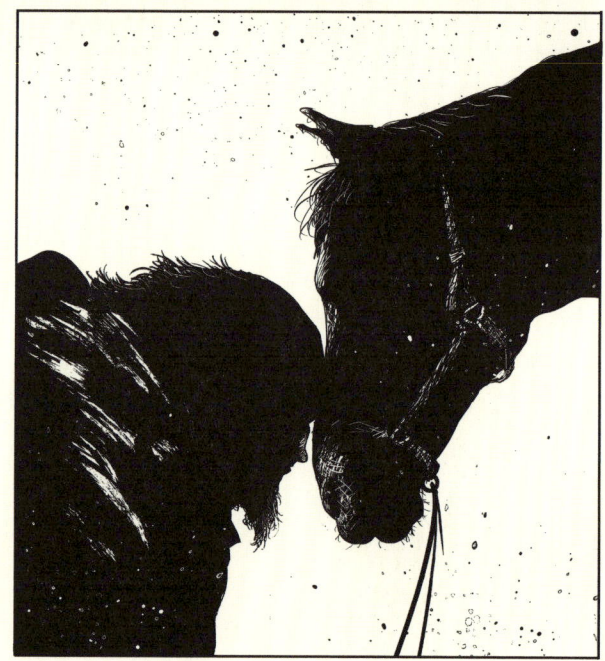

DEUX HEURES PLUS TARD, LES BAGAGES DE L'ANDERER AVAIENT ÉTÉ MONTÉS DANS SA CHAMBRE. SES BÊTES ÉTAIENT À L'ÉCURIE DU PÈRE SOLZNER, AVEC DE L'EAU PROPRE ET UN SEAU DE PICOTIN CHACUNE.

C'EST L'ANDERER LUI-MÊME QUI S'ÉTAIT CHARGÉ DE LES INSTALLER.

IL N'AVAIT JAMAIS DÛ VOIR PERSONNE S'OCCUPER DE BÊTES AVEC UN TEL DÉVOUEMENT, LE SOLZNER!

ON EÛT DIT QU'IL TROUVAIT ÇA OBSCÈNE!

GUTTEN NACH, KOMRUDS.

TROIS PIÈCES D'OR. ÇA CORRESPONDAIT À PLUSIEURS MOIS DE PENSION POUR LES MONTURES.

C'ÉTAIT LÀ BIEN PLUS D'ARGENT QUE LE VIEUX N'EN AVAIT JAMAIS TENU DANS SA MAIN DE TOUTE SA VIE.

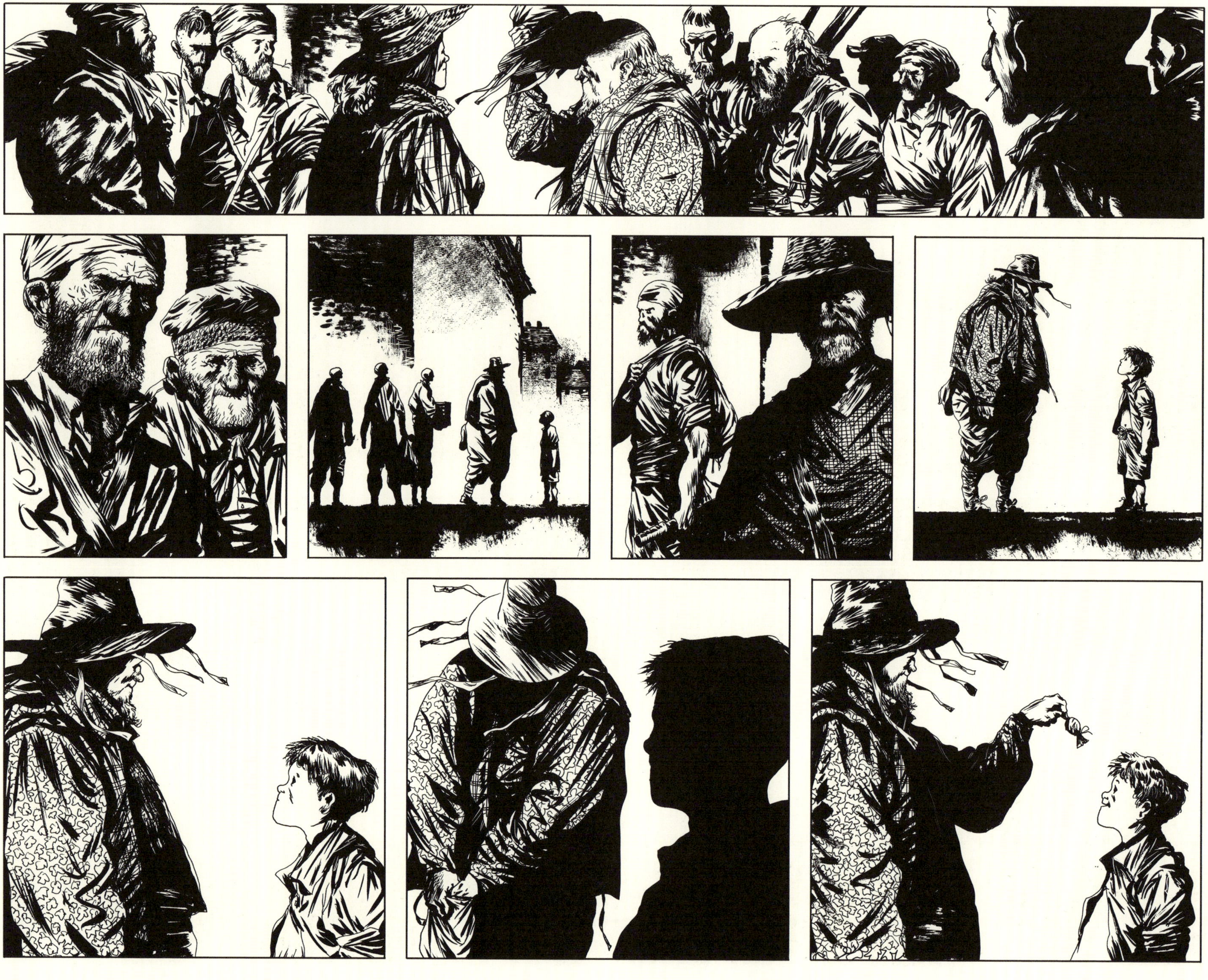

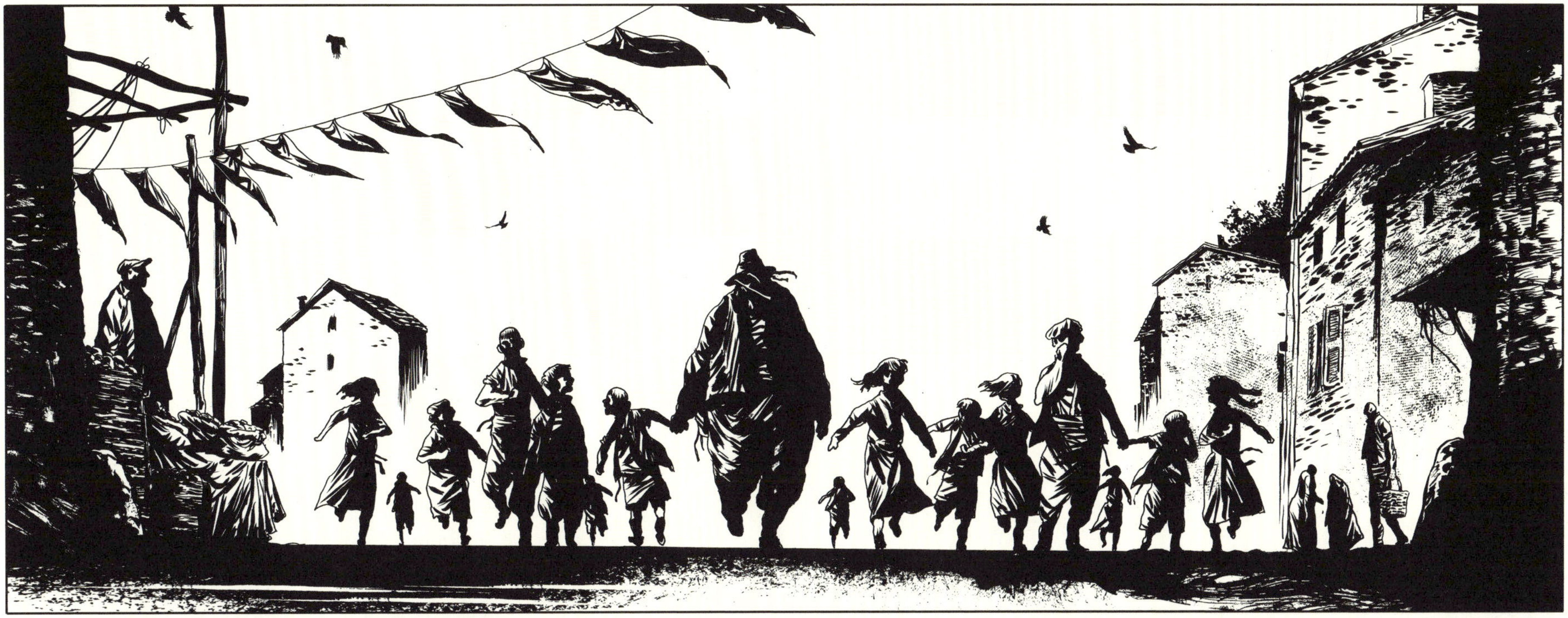
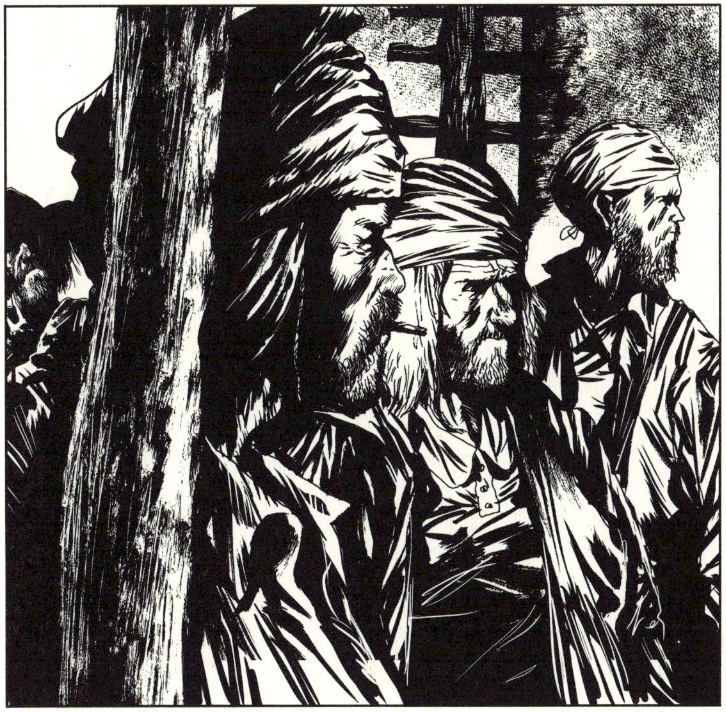
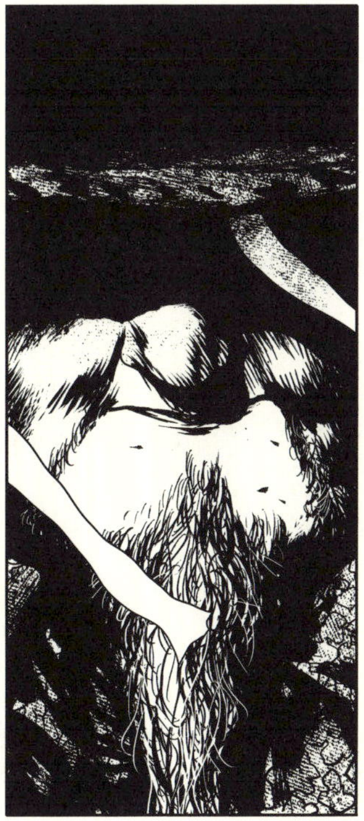
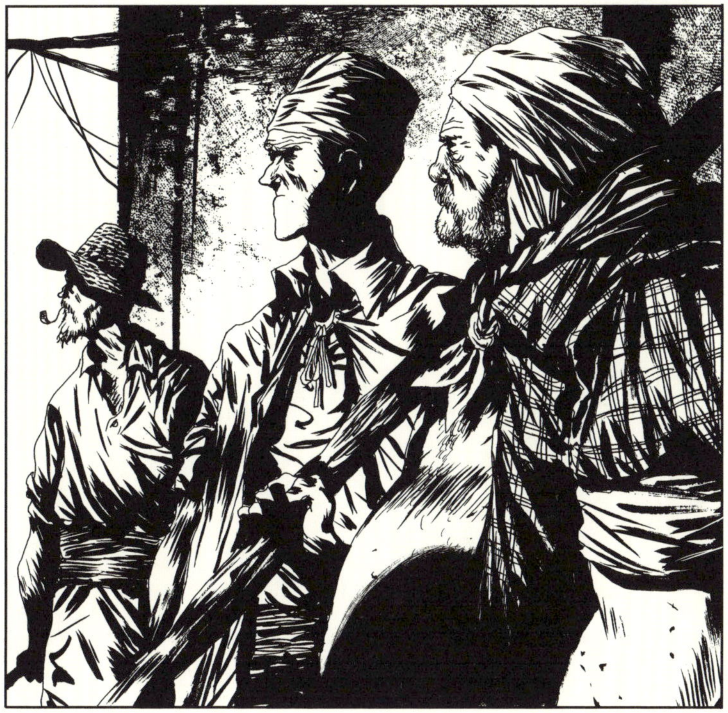

Au début, le village accueillit l'Anderer comme un monarque. Il y avait d'ailleurs de la magie dans tout ça, tant les gens d'ici ne sont pas d'un naturel ouvert.

Mais passé la surprise incroyable de son arrivée, il sut s'entourer d'un charme propre à amadouer les plus hostiles.

Tous voulaient le voir et il se prêtait au jeu sans déplaisir, souriant aux uns, inclinant la tête devant les autres, soulevant son chapeau devant les dames…

Cependant, bien peu avaient entendu le son de sa voix. C'était un homme de peu de mots.

Il ne pouvait aller par les rues sans être suivi d'une joyeuse bande de marmots inoccupés à qui il distribuait de menus présents.

Ce sont eux qui m'ont rapporté que lorsqu'il allait visiter ses montures, il les appelait toujours par leur nom et les vouvoyait.

Il les caressait longuement et leur murmurait des mystères aux oreilles.

À vrai dire, il parlait davantage à son cheval qu'à aucun d'entre nous.

C'était un homme d'habitudes. Schloss déposait un plateau constitué d'une brioche, d'un œuf cru et d'un grand bol d'eau chaude, tous les matins, à six heures.

Pour le déjeuner, il descendait dans la grande salle. Il y avait toujours des curieux pour lorgner ses manières délicates et distinguées. Il se nourrissait comme d'autres prieraient, avec ferveur, application et gravité.

Le soir, il ne prenait qu'un bouillon, saluait les habitués d'un signe de tête, et montait dans sa chambre. La lumière brillait tard à sa fenêtre. Toute la nuit, disaient certains.

Au cours des premiers temps de son séjour, il avait arpenté nos rues avec méthode, comme s'il en effectuait un relevé.

Souvent, il s'arrêtait au détour d'une ruelle, sortait son petit carnet noir et notait quelque chose. Il avait alors le même air sérieux et concentré que lorsqu'il mangeait.

Personne ne l'avait vraiment remarqué. Il aurait fallu pour cela le suivre en permanence et seuls les gosses le faisaient.

DEUX SEMAINES APRÈS L'ARRIVÉE DE L'ANDERER EUT LIEU LE PREMIER ÉVÉNEMENT.

C'ÉTAIT LE DIX JUIN.

WI SUND VROH WEN NEU KAMA

GUTTEN MORGEN, DIODÈME!

MORGEN, BRODECK.

— Qu'est-ce qui se passe, Diodème ?

— Comme il devient évident que l'Anderer s'apprête à séjourner quelque temps dans nos murs, Orschwir veut lui souhaiter la bienvenue comme il se doit.

— Vous lui organisez une Schoppenfest ?

— Oui... il y aura un discours et un banquet...

Il n'était que huit heures et, pourtant, il y avait plus de monde sur la place qu'un jour de marché.

— C'est toi qui as eu l'idée ?

— L'idée de quoi ?

— ...De la phrase.

— C'est Orschwir qui m'a demandé de trouver quelque chose...

— Des mots...

— Pourquoi tu ne l'as pas écrite en Deeperschaft?

— "Patois".

— Orschwir ne voulait pas...

— Il dit qu'il faut des mots nobles, pour accueillir un étranger...

— Et puis personne ne sait s'il connaît notre patois.

C'était une drôle de phrase qu'avait choisie Diodème, même s'il ne l'avait peut-être pas fait exprès, elle pouvait signifier deux choses...

"Wi sund vroh wen neu kamm" peut signifier "Nous sommes heureux quand une nouvelle personne arrive"...

Mais selon le contexte, "vroh" peut prendre le sens de "attentifs", "vigilants"...

L'APRÈS-MIDI MÊME, J'EMMENAI EMÉLIA ET POUPCHETTE VERS L'ANCIENNE CABANE DE LUTZ, SUR LE PLATEAU DU GRÜNKER, OÙ JE FAISAIS DES RELEVÉS CHAQUE ANNÉE.

C'EST UN ABRI DE BERGER QUI NE SERT PLUS DEPUIS VINGT ANS. LES PÂTURES QUI L'ENTOURENT SE SONT PEU À PEU COUVERTES DE JONCS ET DE MOUSSES...

DES MARES SONT APPARUES, SE SONT ÉTENDUES ET ONT TRANSFORMÉ L'ENDROIT EN MARÉCAGE.

J'AI DÉJÀ ÉCRIT TROIS RAPPORTS POUR ESSAYER DE COMPRENDRE CETTE MÉTAMORPHOSE ET J'Y RETOURNE CHAQUE ANNÉE, À LA MÊME ÉPOQUE, POUR MESURER L'ÉTENDUE ET LA NATURE DES CHANGEMENTS.

LE CHEMIN QUI Y CONDUIT N'A PLUS SA RIGUEUR PASSÉE, QUAND DES CENTAINES DE SABOTS LUI DONNAIENT PROFONDEUR ET FORME.

LES SENTIERS SONT COMME LES HOMMES, ILS MEURENT AUSSI.

> JE VAIS FAIRE MES RELEVÉS. ÇA NE SERA PAS BIEN LONG.

> ET APRÈS ON MANGE?

37

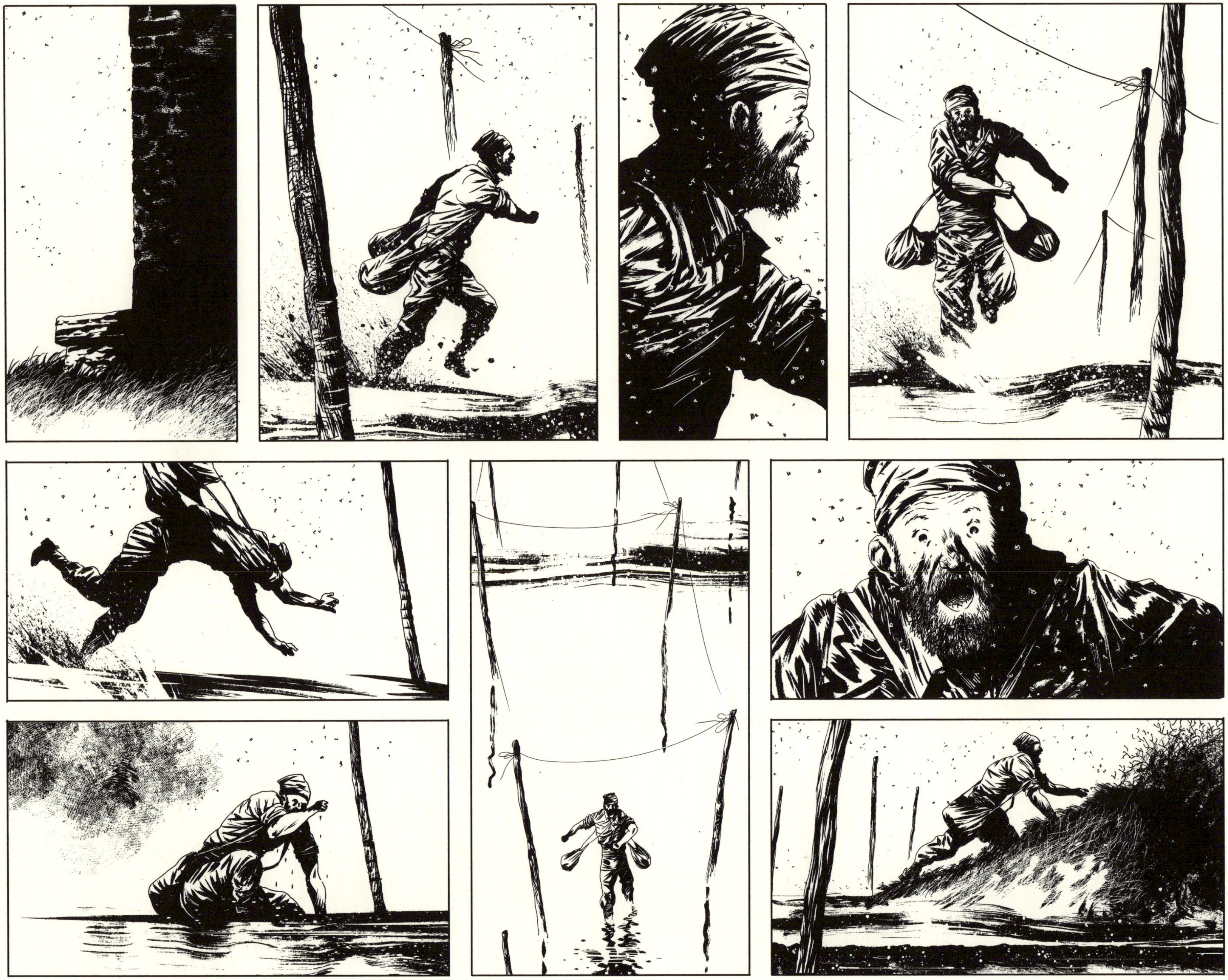

- TOUT SALE, PAPA!

- HIHI! TOUT SALE, MON PAPA!

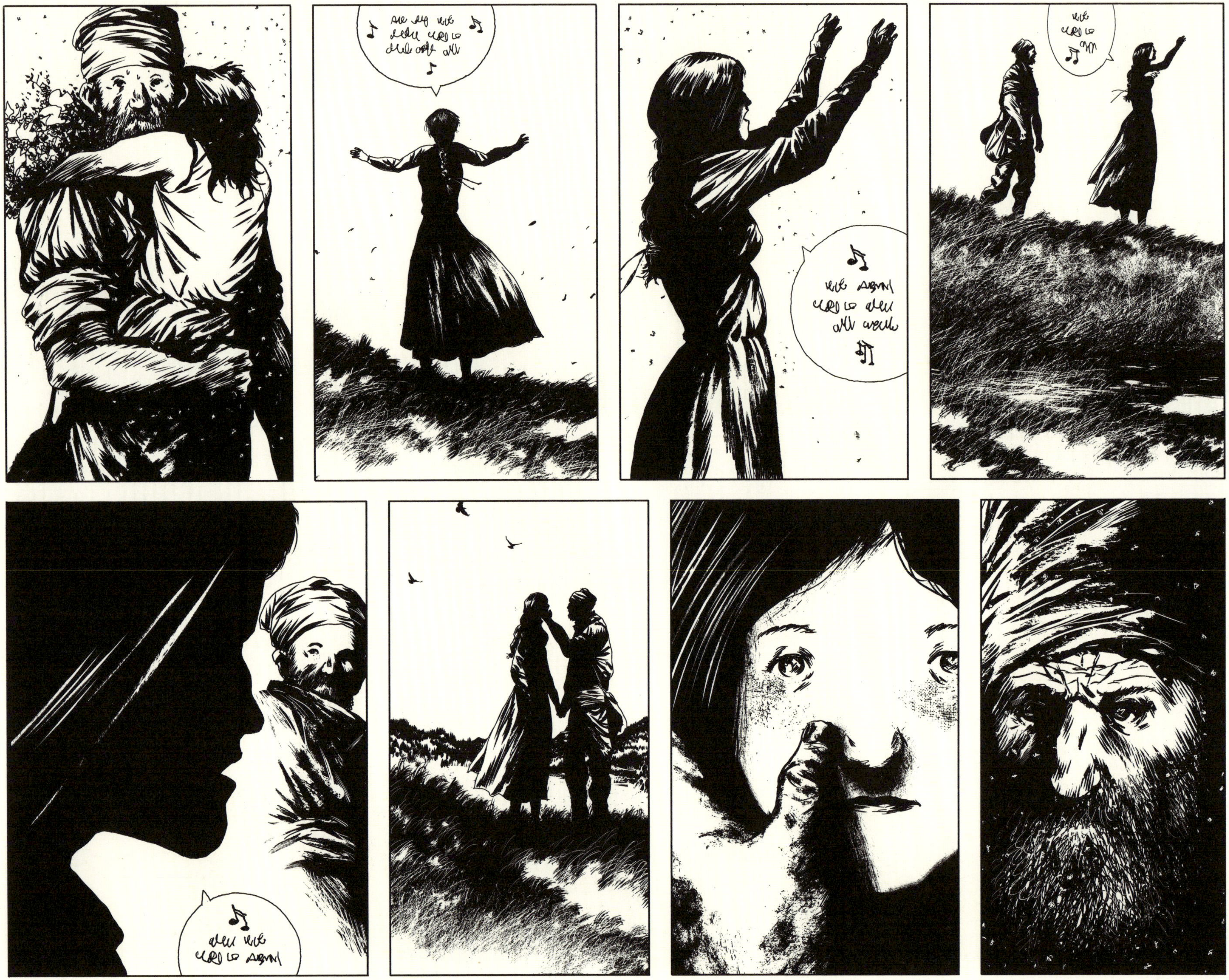

Emélia dansait dans mes bras sous les arbres nus de janvier. Nous étions des dizaines de jeunes gens à glisser sur la musique du petit orchestre improvisé pour la fête de la nouvelle année.

L'air était froid et nos joues rosées.

C'était l'instant vertigineux qui précède le premier baiser. Tout était comme suspendu à la mélodie qui virevoltait dans la lumière dorée du feu de joie.

C'était un autre temps, avant le chaos.

Emmitouflés dans de rudes fourrures, les musiciens jouaient cette chanson de la vieille langue, chanson d'amour fondue d'âpres mots : "SCHON OFZA PRINZER".

Cette chanson est devenue l'effroyable refrain dans lequel Emélia s'était enfermée comme dans un cachot...

... et où elle vivait sans exister vraiment.

Ce dix juin, jour de la Schoppenfest en l'honneur de l'Anderer, tout le village et plus était massé sur la place.

Depuis longtemps, je fuis la foule car tout est venu d'elle...

La guerre... et les kazerskwirs qu'elle a ouverts dans le cerveau des hommes.

On peut se rassurer en disant que la faute incombe à ceux qui l'exhortent.

C'est faux.

La foule est un corps solide, énorme, tricoté de milliers d'autres corps conscients.

Il n'y a pas de foule heureuse ni paisible.

Derrière les rires et la musique, le sang chauffe et s'agite.

Je les ai vus, moi, les hommes à l'œuvre, quand ils ont la certitude de n'être pas seuls...

J'AVAIS PRIS SOIN DE RAMENER EMÉLIA À LA CABANE, AVEC FÉDORINE.

POUPCHETTE, QUI N'AVAIT JAMAIS VU UN TEL RASSEMBLEMENT, ÉTAIT ÉMERVEILLÉE.

ELLE RESPIRAIT AVEC DÉLICE L'AIR EMPLI DE RIRES ET DE MUSIQUE, DE PARFUMS DE BEIGNETS, DE GAUFRES, DE SAUCISSES...

SOUDAIN, ON DEVINA QUE LA CÉRÉMONIE ALLAIT DÉBUTER.

LA FOULE FUT PARCOURUE D'UNE SORTE D'ONDE, LES RIRES ET LES CRIS S'ÉVAPORÈRENT, ET LA MUSIQUE S'ARRÊTA.

LE CHAPEAU! LE CHAPEAU, PAPA!

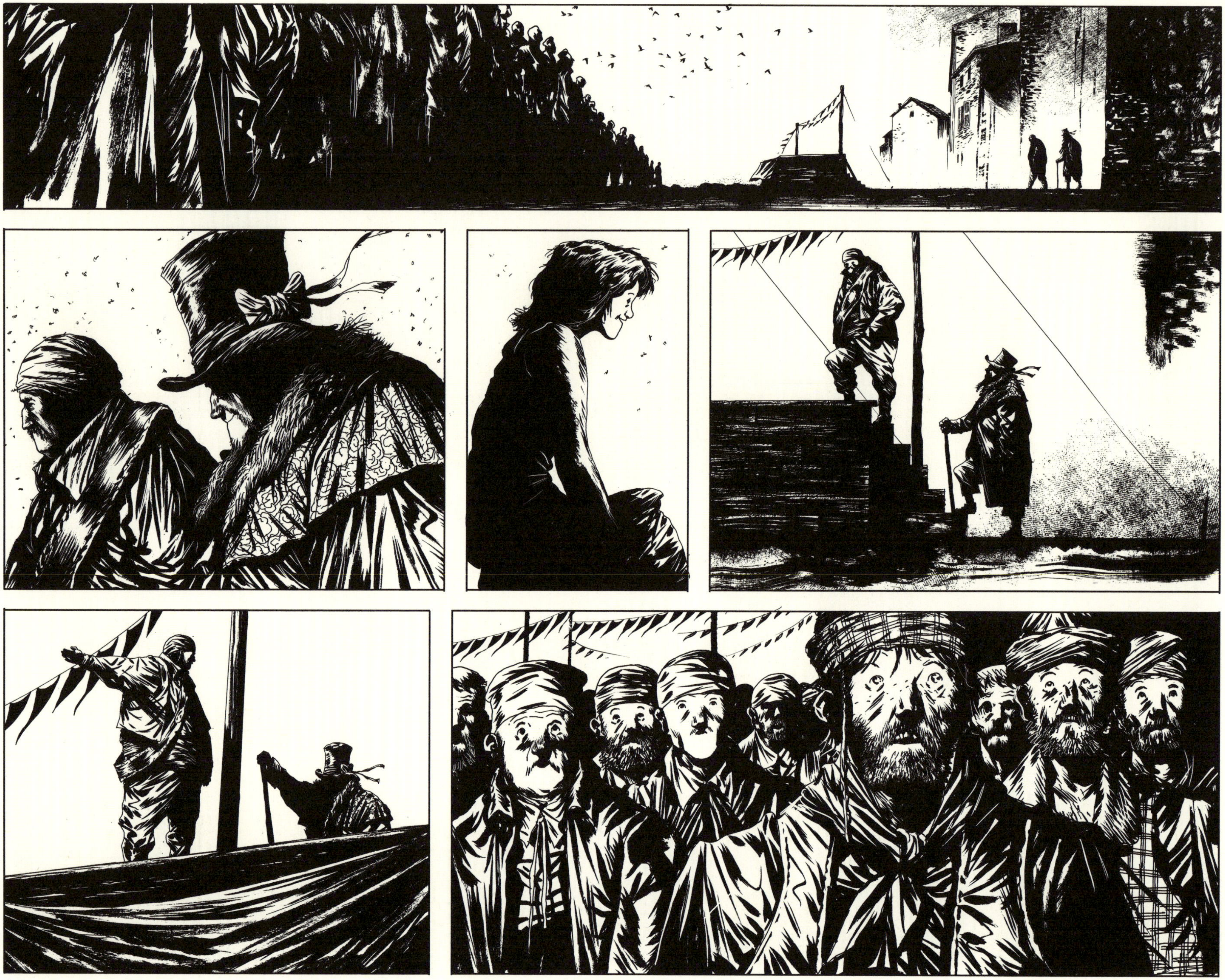

LE DISCOURS QU'ORSCHWIR PRONONÇA ALORS VAUT SON PESANT D'OR.

JE VAIS LE REPRODUIRE EN ENTIER.

CE N'EST PAS QUE JE L'AIE RETENU À LA LETTRE, C'EST QUE, TOUT SIMPLEMENT, JE LE LUI AI DEMANDÉ IL Y A QUELQUES JOURS.

JE SAIS QU'IL ARCHIVE À LA MAIRIE TOUT CE QUI CONCERNE SA FONCTION.

QU'EST-CE QUE TU VEUX EN FAIRE?

C'EST POUR LE RAPPORT.

POURQUOI TU REMONTES SI LOIN? ON NE T'EN DEMANDE PAS TANT.

JE ME SUIS DIT QU'IL SERAIT BON DE MONTRER COMME NOTRE VILLAGE L'A BIEN ACCUEILLI...

— TIENS. VA À LA MAIRIE ET DONNE ÇA À HAUSORN, IL TE REMETTRA LE DISCOURS.

— C'EST TOI QUI L'AS IMAGINÉ, CE DISCOURS, ORSCHWIR?

— TU VEUX BIEN NOUS LAISSER, LISE, S'IL TE PLAÎT?

— SES YEUX SONT MORTS, BRODECK.

— ELLE EST NÉE COMME ÇA... DE TOUT CE QUE TU PEUX CONTEMPLER AUTOUR DE TOI, ELLE NE VOIT RIEN.

- ELLE SAIT QUE CE QUE TU VOIS EXISTE, ELLE LE SENT, LE TOUCHE, LE RESPIRE...
- MAIS ELLE NE PEUT PAS LE VOIR...

- TU COMPRENDS, BRODECK, MÊME SI ELLE LE DEMANDAIT, ELLE NE POURRAIT PAS LE VOIR...

- ...ALORS ELLE NE DEMANDE PAS.

- TU DEVRAIS T'EFFORCER DE LUI RESSEMBLER UN PEU, BRODECK.

- LE SOIR OÙ TU AS ACCEPTÉ DE FAIRE LE RAPPORT, TU AS DIT QUE TU ÉCRIRAIS "JE", MAIS QUE ÇA VOUDRAIT DIRE "NOUS TOUS"...
- TU T'EN SOUVIENS, N'EST-CE PAS?

- TU DEVRAIS TE CONTENTER DE DEMANDER CE QUE TU PEUX AVOIR ET CE QUI PEUT T'ÊTRE UTILE.

- LE RESTE, ÇA NE SERT À RIEN QU'À T'ÉGARER, À TE FAIRE BOUILLIR LE CERVEAU.

- EH BIEN DIS-TOI QUE CE DISCOURS, C'EST NOUS TOUS QUI L'AVONS PENSÉ ET ÉCRIT.

— C'est, certes, moi qui l'ai lu, mais c'est nous tous qui l'avons imaginé...

— Contente-toi de ça.

— Tu veux entrer boire un vin chaud, Brodeck ?

— Hausorn ?

- QU'EST-CE QUE TU VEUX, BRODECK?

- LE VOILÀ.

JE TE LE RAMÈNE DÈS QUE...

LE MOT D'ORSCHWIR DIT QUE TU AS LE DROIT DE LIRE LES FEUILLETS, DE LES RECOPIER... PAS DE LES EMPORTER.

TU N'AS QU'À TE METTRE LÀ.

- CHÈRES VOUS TOUTES ET CHERS VOUS TOUS DE NOTRE VILLAGE ET DE SES ENVIRONS, C'EST AVEC GRAND PLAISIR QUE NOUS ACCUEILLONS EN NOS MURS MONSIEUR...

- MONSIEUR... MONSIEUR?

— VOUS ÊTES LE PREMIER ET POUR L'INSTANT LE SEUL À VENIR NOUS VISITER DEPUIS QU'EN CES LIEUX, LA GUERRE A LAISSÉ SON ATROCE SILLAGE... JADIS, LES VOYAGEURS TROUVAIENT ICI UNE ÉTAPE AGRÉABLE ET PROPICE, SI BIEN QUE NOTRE VILLAGE ÉTAIT DÉSIGNÉ DU VIEUX NOM "WOHLWOLLEND TRAST", "LA HALTE BIENVEILLANTE"...

— NOUS NE SAVONS SI TEL EST VOTRE BUT, MAIS QUOI QU'IL EN SOIT, VOUS NOUS HONOREZ EN FAISANT SÉJOUR AU SEIN DE NOTRE COMMUNAUTÉ.

— VOUS ÊTES COMME UNE SORTE DE PRINTEMPS DE L'HUMANITÉ QUI REVIENDRAIT APRÈS UN TROP LONG HIVER ET NOUS ESPÉRONS QU'APRÈS VOUS, D'AUTRES VIENDRONT NOUS VISITER...

— ...NOUS RELIANT AINSI DE NOUVEAU À LA COMMUNAUTÉ DES HOMMES.

— S'IL VOUS PLAÎT, MONSIEUR...

— MONSIEUR...?

« ...S'IL VOUS PLAÎT, MONSIEUR, NE NOUS JUGEZ PAS TROP MAL NI TROP VITE... »

« NOUS AVONS TRAVERSÉ BIEN DES ÉPREUVES ET NOTRE ISOLEMENT A FAIT DE NOUS DES ÊTRES EN MARGE DE LA CIVILISATION... »

« NÉANMOINS, POUR QUI NOUS CONNAÎT VRAIMENT, NOUS VALONS MIEUX QUE CE QUE NOUS PARAISSONS. »

« NOUS AVONS CONNU LA SOUFFRANCE, LA MORT... IL NOUS FAUT À PRÉSENT VAINCRE LE PASSÉ, ET RÉAPPRENDRE À VIVRE. »

« AU NOM DE TOUTES ET TOUS, AU NOM DE NOTRE BEAU VILLAGE QUE J'AI LA CHARGE ET L'HONNEUR D'ADMINISTRER, JE VOUS SOUHAITE DONC LA BIENVENUE, CHER MONSIEUR. »

JE VOUS LAISSE MAINTENANT LA PAROLE...

MERCI.

ND VRUI
EU KAM

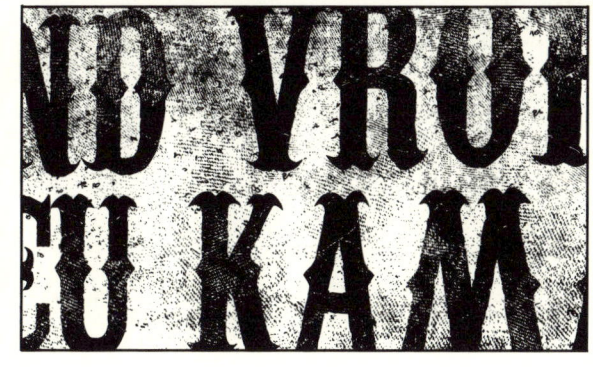

PAPA... PAPA! LA MAISON!

RESTEZ LÀ!

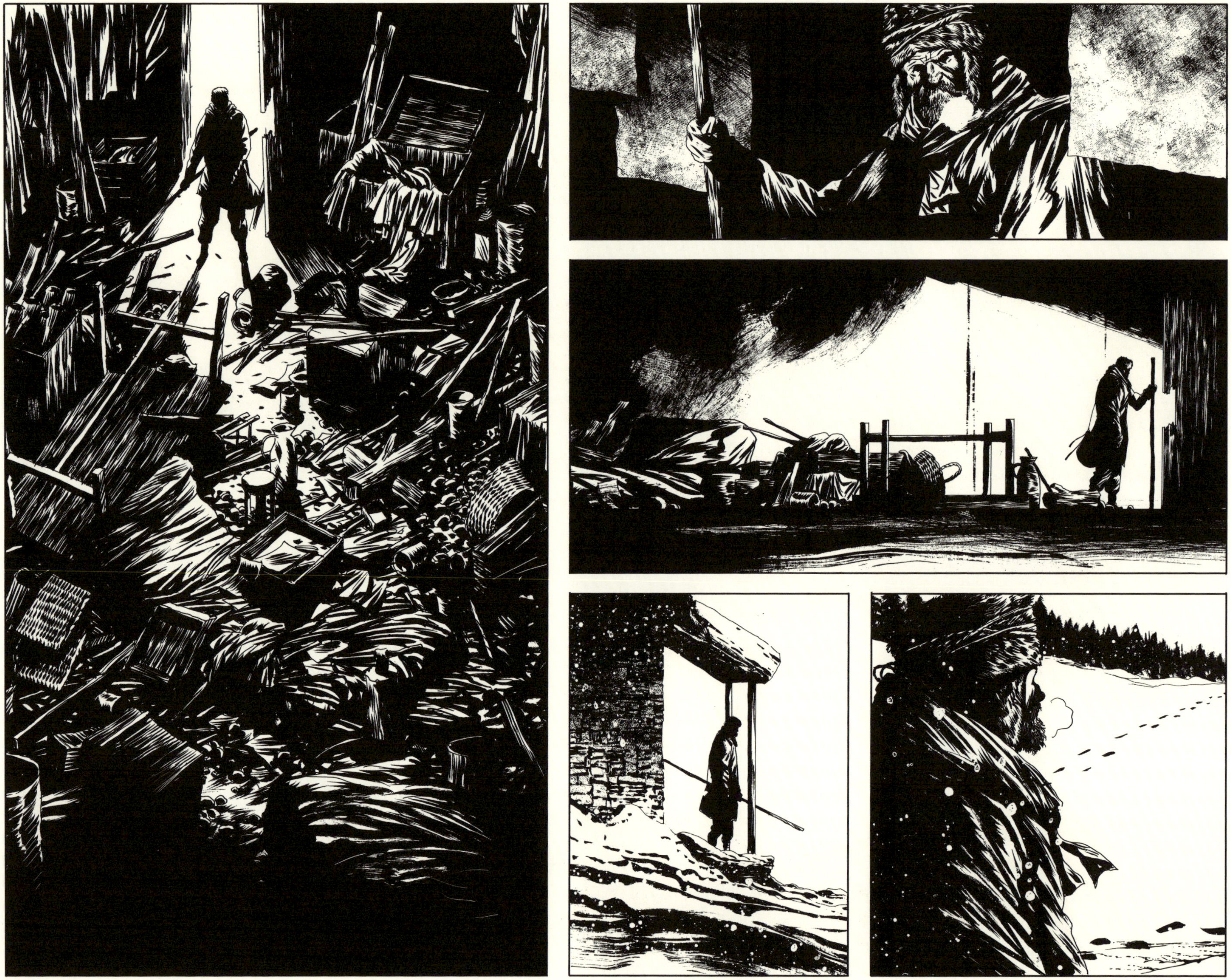

GÖBBLER!

| | QUE T'ARRIVE-T-IL, BRODECK? TU NE TE SENS PAS BIEN? TU ES MALADE? | ALLONS, BRODECK, JE TE PROMETS QUE JE NE... | NE ME PRENDS PAS POUR UN IDIOT! JE SAIS QUE C'EST TOI! IL M'A SUFFI DE SUIVRE TES TRACES! |

POURQUOI AS-TU FOUILLÉ NOTRE CABANE? QUE CHERCHAIS-TU?

CE SONT LES AUTRES QUI T'ONT DEMANDÉ DE LE FAIRE?

DES TRACES? MAIS QUELLES TRACES, BRODECK? JE CROIS QUE TU...

...QUE TU QUOI?

SI JAMAIS JE TE REVOIS RÔDER PRÈS DE CHEZ NOUS, JE TE JURE QUE JE...

SOIS RAISONNABLE, BRODECK...

— LA NUIT SERA BIENTÔT LÀ... JE TE CONSEILLE DE RENTRER CHEZ TOI, BRODECK...

...JE TE LE CONSEILLE SINCÈREMENT.

Nous avons passé des heures à remettre la cabane en ordre.

Rien n'a été volé, et pour cause, il n'y a rien à voler... Göbbler cherchait mon carnet, bien sûr, il se doute que je compose autre chose que le rapport.

Mais il ne l'a pas trouvé ! Il ne peut pas le trouver, ma cachette est trop sûre.

JE LE TIENS DANS MES MAINS, LE FAMEUX CARNET QUE M'A DONNÉ DIODÈME, ET DANS LEQUEL J'ÉCRIS CES LIGNES...

LE CUIR EN EST ENCORE TIÈDE ET LORSQUE JE L'APPROCHE DE MON VISAGE, JE SENS L'ODEUR DU PAPIER, MÊLÉE À UN AUTRE PARFUM...

...UN PARFUM DE PEAU.

PERSONNE NE TROUVERA JAMAIS MA CACHETTE.

DIODÈME AUSSI AVAIT UNE CACHETTE...

DANS LA DOUBLURE DU CARNET, IL Y AVAIT UNE ENVELOPPE.

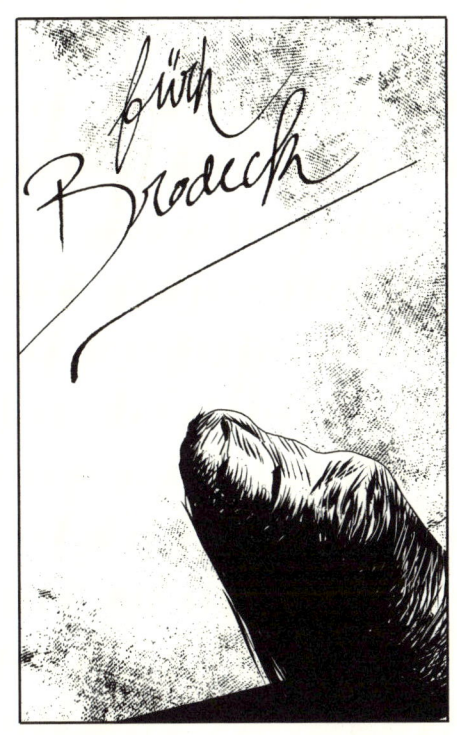

JE NE SAURAIS DONNER UNE IDÉE DE CE QUE J'AI RESSENTI EN LISANT LA LETTRE DE DIODÈME QUI, EN VÉRITÉ, ÉTAIT UNE LONGUE CONFESSION.

EN TOUT CAS, IL N'Y EUT AUCUNE SOUFFRANCE.

JE SUIS SÛR QUE DIODÈME PENSAIT QUE J'EN VIENDRAIS À LE DÉTESTER ABSOLUMENT, APRÈS L'AVOIR LUE... IL ME VOYAIT ENCORE COMME UNE PART DE L'HUMANITÉ.

IL SE TROMPAIT. J'AI LAISSÉ CETTE ILLUSION AU CAMP.

> LES SOLDATS ÉTAIENT ARRIVÉS DEPUIS À PEINE PLUS D'UNE SEMAINE LORSQU'ON M'A ARRÊTÉ ET EMMENÉ AU CAMP.

> LA GUERRE AVAIT COMMENCÉ TROIS MOIS PLUS TÔT.

> NOUS ÉTIONS COUPÉS DU MONDE ET NE SAVIONS PAS GRAND-CHOSE.

> LES MONTAGNES NOUS PROTÈGENT, MAIS ELLES NOUS ISOLENT AUSSI D'UNE PARTIE DE LA VIE.

67

PRÊT, CURÉ?

ZEHR MOGENHLICH, KOMDANT...

NOTRE VILLAGE ENTIER S'ASSOCIE À NOUS POUR SOUHAITER LA BIENVENUE AUX VAINQUEURS...

— NOUS...
— NOUS...

— NOUS VOUS SUPPLIONS D'ÉPARGNER NOS CONCITOYENS ET LEURS BIENS, KOMDANT... VOUS NE TROUVEREZ PAS D'ENNEMIS EN NOTRE COMMUNAUTÉ, QUE DE SIMPLES PAYSANS QUI N'ASPIRENT QU'À...

— NOUS SOMMES PAUVRES, KOMDANT... NOUS NE SOMMES RIEN...

— MERCI DE VOTRE ACCUEIL.

— TOUTEFOIS, PAR MESURE DE PRÉCAUTION, MES HOMMES VONT COLLECTER TOUTES LES ARMES EN VOTRE POSSESSION.

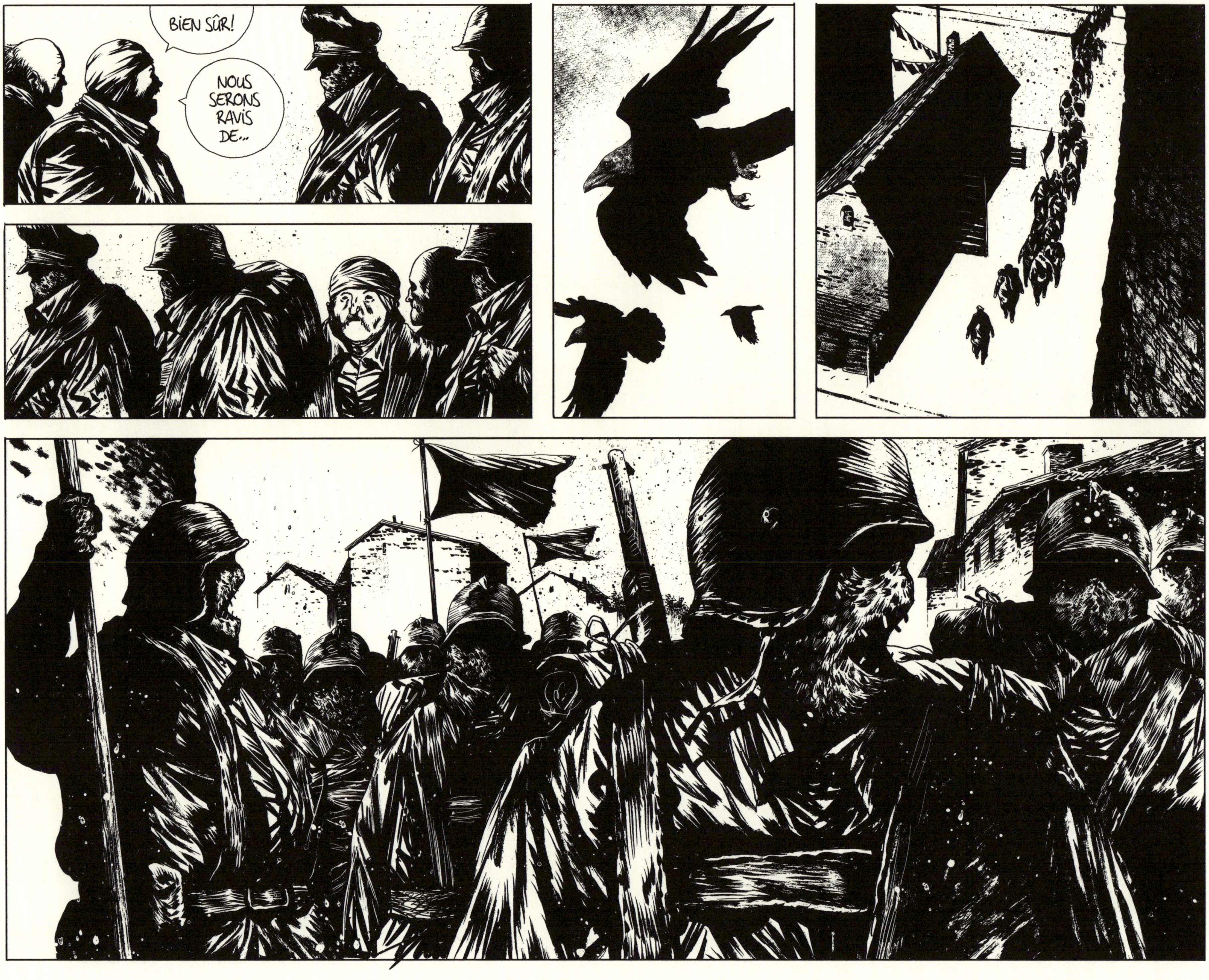
BIEN SÛR!
NOUS SERONS RAVIS DE...

...MAIS VOUS M'EMMERDEZ, À LA FIN!

...JE VOUS DIS QUE JE N'AI AUCUNE ARME!

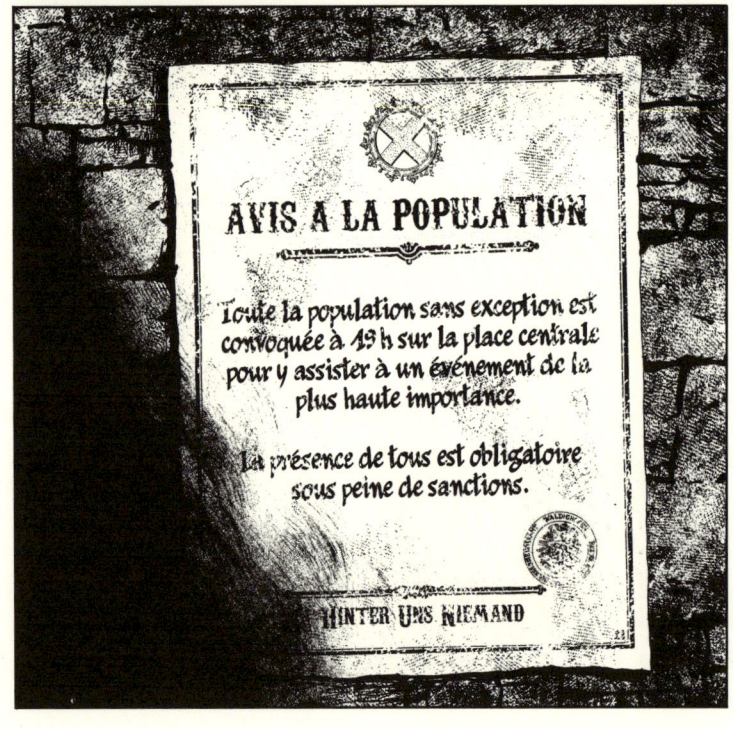

AVIS À LA POPULATION

Toute la population sans exception est convoquée à 19 h sur la place centrale pour y assister à un événement de la plus haute importance.

La présence de tous est obligatoire sous peine de sanctions.

HINTER UNS NIEMAND

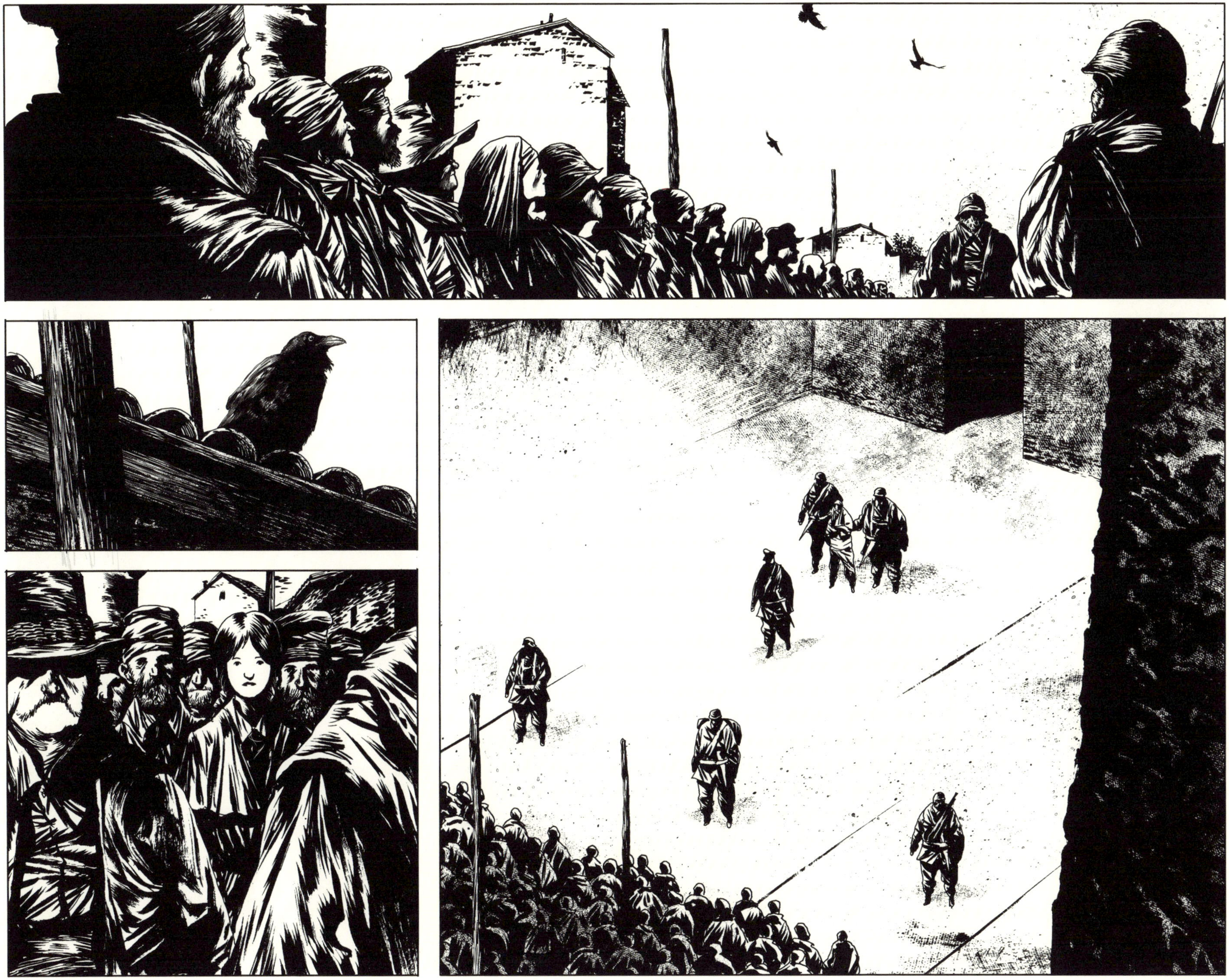

HABITANTS...

...NOUS NE VENONS PAS ICI POUR DÉTRUIRE NI SALIR.

CE SERAIT ABSURDE!

POURQUOI DÉTRUIRE OU SALIR CE QUI EST NÔTRE?

VOTRE VILLAGE A LA CHANCE SUPRÊME DE FAIRE DÉSORMAIS PARTIE DU GRAND TERRITOIRE. NOUS SOMMES AUJOURD'HUI UNIS POUR UNE AVENTURE MILLÉNAIRE...

NOUS SOMMES LA RACE PREMIÈRE, IMMÉMORIALE ET IMMACULÉE.

CE SERA LA VÔTRE AUSSI, SI VOUS CONSENTEZ À VOUS DÉBARRASSER DES ÉLÉMENTS IMPURS QUI SE CACHENT PARMI VOUS.

AUSSI FAUT-IL, POUR QUE NOUS VIVIONS EN BONNE ENTENTE, INSTAURER UNE FRANCHISE TOTALE.

IL N'EST PAS BON DE TENTER DE SE JOUER DE NOUS.

« AUJOURD'HUI, UN DES VÔTRES A ESSAYÉ DE LE FAIRE...

...NOUS ESPÉRONS QUE SON EXEMPLE NE SERA PAS SUIVI... »

	VOILÀ CE QUI ARRIVE À CEUX QUI VEULENT JOUER.	SONGEZ-Y, HABITANTS... SONGEZ-Y.

ET POUR QUE VOUS AYEZ TOUT LE LOISIR D'Y RÉFLÉCHIR, LE CORPS DE CE FEMDËR RESTERA ICI MÊME. VOUS AVEZ L'INTERDICTION ABSOLUE DE LE BOUGER OU DE L'ENSEVELIR, SOUS PEINE DE CONNAÎTRE LE MÊME SORT.

HABITANTS, JE VAIS VOUS DONNER UN CONSEIL QUE VOUS ALLEZ SUIVRE SCRUPULEUSEMENT...

— PURIFIEZ VOTRE VILLAGE.

— N'ATTENDEZ PAS QUE NOUS LE FASSIONS NOUS-MÊMES.

— PURIFIEZ-LE PENDANT QU'IL EN EST ENCORE TEMPS.

— ET MAINTENANT, RENTREZ CHEZ VOUS.

— JE VOUS SOUHAITE LE BONSOIR.

ILS L'ONT TUÉ, BRODECK...
ILS ONT TUÉ CATHOR...
DEVANT TOUT LE MONDE... COMME À LA FOIRE...
C'EST UN CAUCHEMAR ...
ILS SONT FOUS...
ILS ONT TUÉ CATHOR...
C'EST AFFREUX ...
ILS L'ONT ...

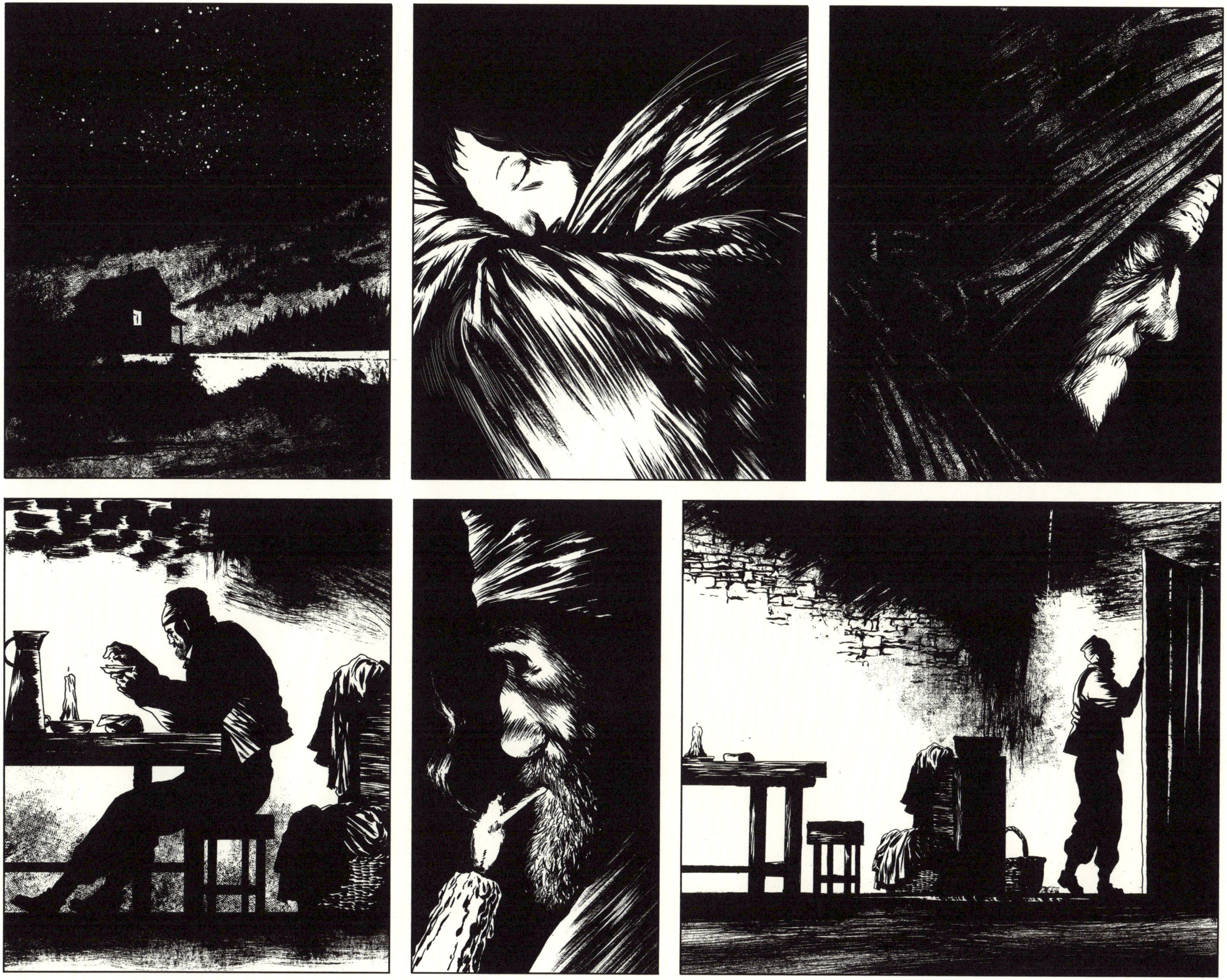

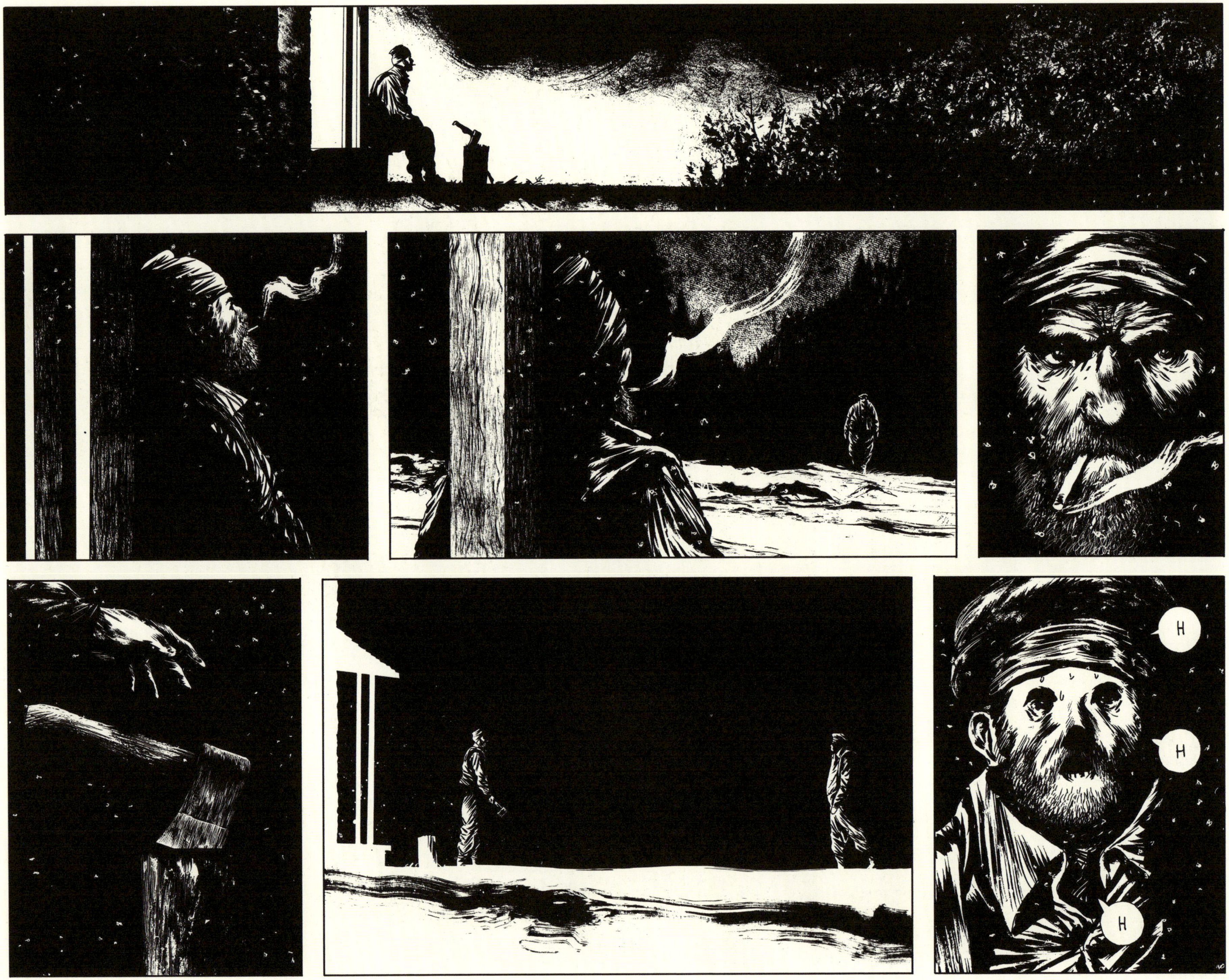
H
H
H

"Diodème..."

"Tu m'as fait peur, Diodème !"

"H" "H"

"Il... il faut que je te parle, Brodeck..."

"Ne restons pas là, tout le monde dort."

"H" "H"

"Qu'est-ce que tu comptes faire ?"

— Qu'est-ce que tu veux dire ?

— Tu étais là comme moi... Tu as vu ce qu'ils ont fait à Cathor...

— J'ai vu.

— Et tu as entendu ce qu'a dit le Komdant ?

— Qu'il est interdit de toucher au corps ?

— Je ne te parle pas de ça !

— Pardon, Brodeck... Je...

— Brodeck...

— Quand il a dit qu'il fallait "purifier le village"... Qu'as-tu compris ?

— ILS SONT FOUS, DIODÈME.

— PEUT-ÊTRE, MAIS DEPUIS QU'ILS ONT CHASSÉ LEUR EMPEREUR ET ENFONCÉ NOS FRONTIÈRES, CE SONT EUX, LES MAÎTRES!

— ILS PARTIRONT...

— POURQUOI VOUDRAIS-TU QU'ILS RESTENT CHEZ NOUS?

— IL N'Y A RIEN, ICI... C'EST LE BOUT DU MONDE...

- Ils ont voulu nous montrer que, désormais, ils sont les seigneurs. Ils l'ont fait. Ils ont voulu nous terroriser, ils ont réussi...

- Ils vont rester quelques jours puis ils s'en iront ailleurs, plus loin...

- Le Komdant nous a menacés... Il a dit que c'était à nous de "purifier le village"...

- Et alors? Tu veux un seau et un balai?

- Ne plaisante pas, Brodeck!
- Tu crois qu'ils rigolent, eux?

- Sa phrase n'était pas innocente! Il en a pesé tous les mots...
- C'est comme le terme de "Fremdër" pour désigner le pauvre Cathor...

- FÉDORINE M'A DIT QUE C'EST UN MOT QUI DÉSIGNE TOUS CEUX QUI NE LEUR PLAISENT PAS... LES "FEMDËRS", LES "POURRITURES"...

- PAS SEULEMENT, BRODECK...
- ÇA VEUT DIRE "ÉTRANGER" AUSSI.

- CATHOR N'ÉTAIT PAS UN ÉTRANGER !
- SA FAMILLE EST AUSSI VIEILLE QUE LE VILLAGE !

- MAIS...
- ET TOI, BRODECK ?

AU CAMP, J'AI APPRIS COMMENT LA PEUR PEUT TRANSFORMER LES HOMMES.

J'EN AI VU HURLER, FRAPPER LEUR TÊTE CONTRE LA PIERRE, SE JETER SUR DES RONCIERS DE BARBELÉS...

J'EN AI VU CERTAINS PRIER, ET D'AUTRES RENIER LE NOM DE DIEU, LE COUVRIR DE SANIES, D'INJURES...

J'AI MÊME VU UN HOMME MOURIR DE PEUR...

ALORS QU'UN MATIN IL VENAIT D'ÊTRE DÉSIGNÉ COMME LE PROCHAIN PENDU AU PETIT JEU DES GARDES, IL EST RESTÉ COMPLÈTEMENT IMMOBILE...

SON VISAGE N'A TRAHI AUCUNE ÉMOTION, AUCUN TROUBLE, AUCUNE PENSÉE...

QUAND LE GARDE A LEVÉ SON BÂTON POUR LE FAIRE AVANCER, L'HOMME EST TOMBÉ D'UN COUP, MORT.

J'avais mal mesuré les conséquences de l'exécution d'Aloïs Cathor.

Bien sûr, j'en avais saisi l'odieuse cruauté, mais je n'avais pas réalisé combien cet événement allait faire son chemin dans les esprits.

Son cadavre pourrissait en plein soleil sur la place, dispensant dans le village son odeur affreuse, sordide, tenace et menaçante.

Passées au crible de centaines de cervelles, les paroles prononcées par le Komdant allaient bouleverser le village et amener ses habitants à prendre une décision dont je serais la victime.

Pendant ce temps, les soldats se comportaient avec la plus parfaite correction.

Aucun vol, pillage ou exaction. Au contraire, ils étaient courtois avec les femmes et aidaient même les vieux pour les tâches les plus pénibles.

Les habitants étaient comme hébétés. Très peu parlaient, on allait à l'essentiel...

ON SE NOURRISSAIT DE STUPEUR.

TOUT CE QUE J'ÉCRIRAI DÉSORMAIS, JE L'AI APPRIS DE LA LONGUE LETTRE QU'IL M'A LAISSÉE DANS SON CARNET.

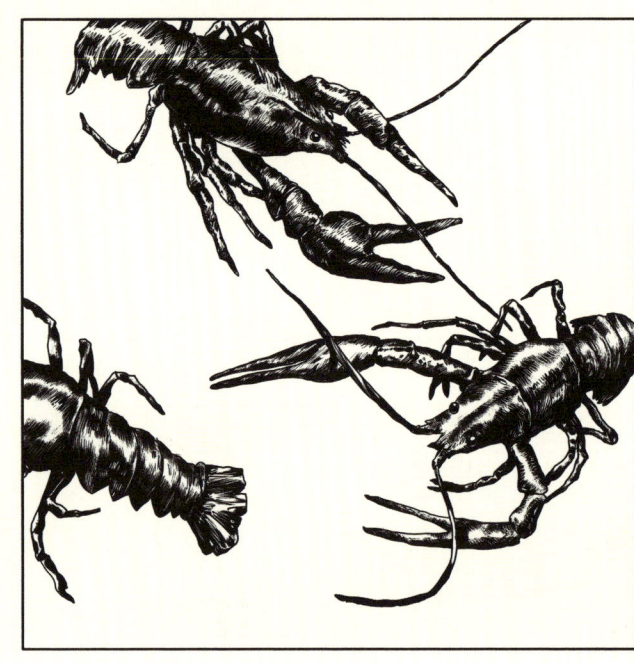

JE N'AVAIS PAS REVU DIODÈME DEPUIS LE SOIR DE L'EXÉCUTION.

LE TROISIÈME SOIR APRÈS L'ARRIVÉE DES SOLDATS, LE KOMDANT CONVOQUA ORSCHWIR ET DIODÈME À LA MAIRIE.

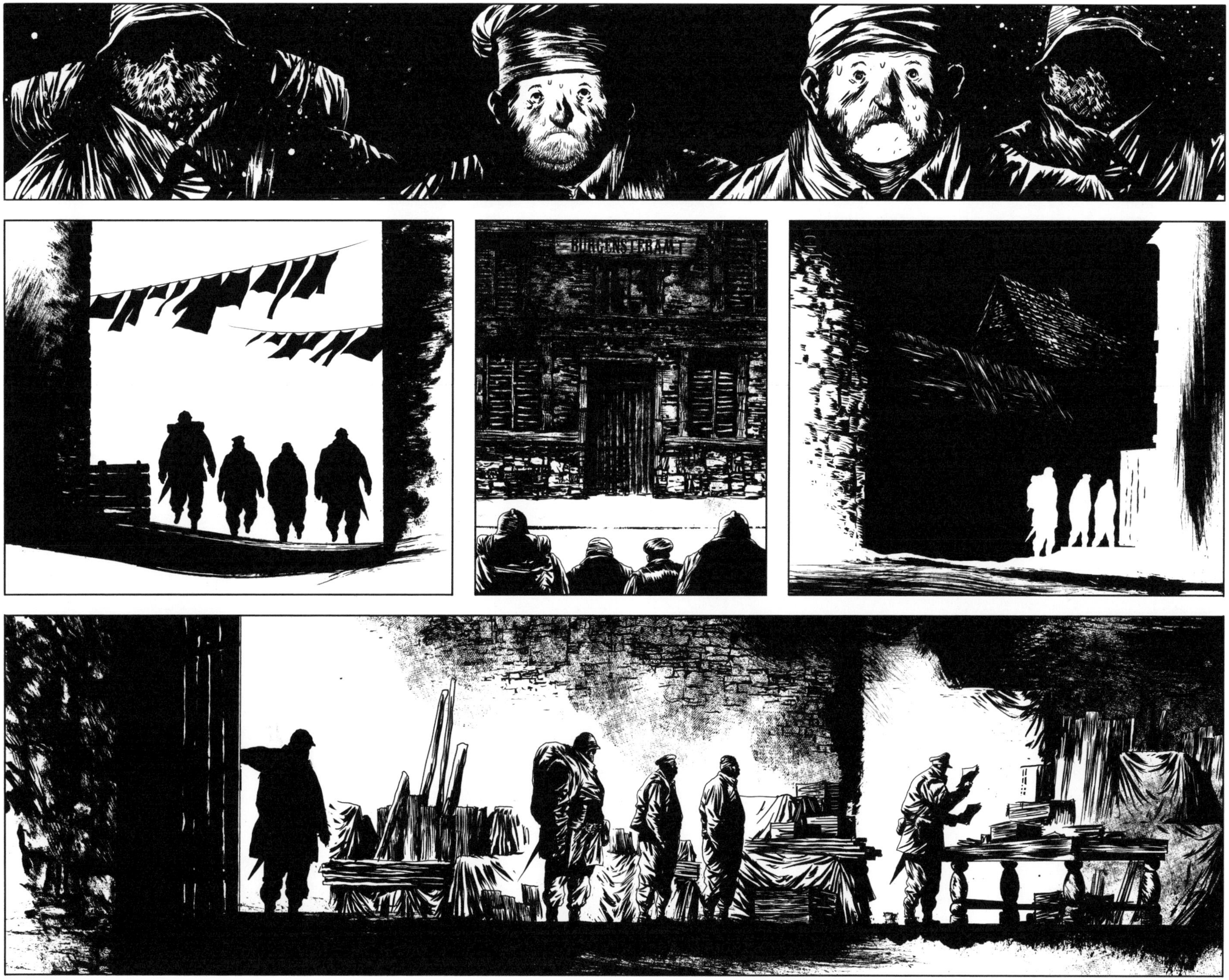
BURGENSTERAMT

ALORS?

ALORS?

JE...

ALORS QUOI, KOMDANT?

NOUS...

LA PURIFICATION, MONSIEUR LE MAIRE! DE QUOI VOULEZ-VOUS QUE JE PARLE?
ALORS? OÙ EN ÊTES-VOUS?
C'EST QUE... KOMDANT... NOUS N'AVONS PAS TRÈS BIEN... COMPRIS CE QUE VOUS VOULIEZ DIRE...
AVEZ-VOUS DÉJÀ OBSERVÉ DES PAPILLONS, MONSIEUR LE MAIRE?
ET VOUS, MONSIEUR L'INSTITUTEUR?

— NON ?

— JAMAIS ?

— DOMMAGE. VRAIMENT.

— QUANT À MOI, J'AI VOUÉ MON EXISTENCE À LEUR ÉTUDE.

— ILS LE MÉRITENT AMPLEMENT, MÊME SI PEU DE GENS LE RÉALISENT...

POURTANT, ON PEUT TIRER DE LEUR OBSERVATION, D'EXTRAORDINAIRES LEÇONS QUI S'APPLIQUENT À L'ESPÈCE HUMAINE.

SAVEZ-VOUS, PAR EXEMPLE, QU'AU SEIN D'UNE VARIÉTÉ APPELÉE "REX FLAMMAE", ON A OBSERVÉ UN COMPORTEMENT APPAREMMENT SANS FONDEMENT MAIS QUI, APRÈS ÉTUDE, SE RÉVÉLA PARFAITEMENT LOGIQUE...

JE DIRAIS MÊME D'UNE INTELLIGENCE REMARQUABLE, SI CE MOT A UN SENS LORSQU'ON PARLE DE PAPILLONS.

ILS VIVENT EN PETITS GROUPES ET ON PENSE QU'IL EXISTE CHEZ EUX UNE SORTE DE SOLIDARITÉ QUI LES POUSSE À SE RASSEMBLER LORSQUE L'UN D'ENTRE EUX TROUVE DE LA NOURRITURE EN QUANTITÉ SUFFISANTE.

FIG. 8 : REX FLAMMAE

ILS TOLÈRENT ALORS AU SEIN DE LEUR GROUPE DES LÉPIDOPTÈRES D'AUTRES ESPÈCES...

— Dès qu'un prédateur survient, les "Rex Flammae" semblent se prévenir les uns les autres et se mettent à couvert...

— Les papillons, qui un instant plus tôt étaient intégrés au groupe, paraissent ne pas avoir l'information...

— ...et ce sont eux qui se font manger par l'oiseau.

— En livrant ainsi une proie au prédateur, ils garantissent leur survie.

— Lorsque tout va bien pour eux, la présence d'individus étrangers ne les dérange pas...

— Mais dès qu'un danger se présente, qu'il en va de l'intégrité de leur groupe, ils sacrifient ceux qui ne sont pas des leurs.

— Certains trouveront sans doute que ce comportement manque de morale...

« ...C'EST QU'ILS NE COMPRENNENT PAS QUE LA SEULE MORALE QUI PRÉVAUT, C'EST LA VIE. »

« ...SEULS LES MORTS ONT TOUJOURS TORT. »

« VOUS POUVEZ DISPOSER. »

QUELQUES HEURES PLUS TARD, MON SORT ÉTAIT SCELLÉ.

ILS SE SONT AUSSITÔT RÉUNIS À L'AUBERGE DE SCHLOSS. DANS SA LETTRE, DIODÈME NE DONNE PAS DE NOMS, MAIS PRÉCISE QU'ILS ÉTAIENT SIX EN PLUS DE LUI.

FORCÉMENT, ORSCHWIR ÉTAIT DE CEUX-LÀ.

ILS ONT SOUPESÉ LES MOTS DU KOMDANT ET COMPRIRENT CE QU'IL Y AVAIT À COMPRENDRE...

ILS SE PERSUADÈRENT D'ÊTRE EUX-MÊMES DES "REX FLAMMAE."

CHACUN INSCRIVIT SUR UN MORCEAU DE PAPIER LE NOM DES PAPILLONS DISPENSABLES.

SUR LES PAPIERS, IL N'Y AVAIT QUE DEUX NOMS. CELUI DE SIMON FRIPPMAN ET LE MIEN.

DIODÈME ME JURE QU'IL N'A PAS MIS MON NOM, MAIS JE NE LE CROIS PAS.

MÊME SI CELA ÉTAIT VRAI, LES AUTRES ONT DÛ AISÉMENT LE CONVAINCRE DE CHANGER SON VOTE.

FRIPPMAN ET MOI AVIONS EN COMMUN DE N'ÊTRE PAS NÉS AU VILLAGE ET DE NE PAS VRAIMENT RESSEMBLER À CEUX D'ICI.

FRIPPMAN ÉTAIT ARRIVÉ UNE DIZAINE D'ANNÉES APRÈS MOI, BARAGOUINANT UN DIALECTE INCONNU.

ON AURAIT DIT QU'IL AVAIT PRIS UN GRAND COUP SUR LA TÊTE. IL NE CESSAIT DE RÉPÉTER SON NOM MAIS, EN DEHORS DE ÇA, ON NE SAVAIT RIEN DE LUI.

ON LUI A DONNÉ UNE CABANE EN LISIÈRE DE FORÊT, IL AIDAIT À LA FENAISON, AU LABOURAGE, À LA TRAITE, AU BÛCHERONNAGE. ON LE PAYAIT EN NOURRITURE.

COMME IL ÉTAIT DOUX ET TRAVAILLEUR, ON L'ADOPTA.

SIMON FRIPPMAN ET MOI ÉTIONS DONC DES FENDEÜRS, DES POURRITURES, DES PAPILLONS TOLÉRÉS QUAND TOUT VA BIEN, VICTIMES EXPIATOIRES QUAND ARRIVE LE DANGER.

CE QUI EST ÉTRANGE, C'EST QUE LES MÊMES QUI NOUS ENVOYÈRENT À LA MORT EN TOUTE CONNAISSANCE DE CAUSE SE MIRENT D'ACCORD POUR ÉPARGNER EMÉLIA ET FÉDORINE.

JE PENSE PLUTÔT QU'ILS AVAIENT BESOIN DE GARDER DANS LEUR CONSCIENCE UNE PARCELLE VIERGE DE TOUT MAL, QUI LEUR PERMETTRAIT DE TROUVER LE SOMMEIL SANS TROP D'EFFORTS.

PUIS ILS SONT ALLÉS DONNER LES DEUX NOMS AU KOMDANT. DIODÈME Y ÉTAIT AUSSI. IL PLEURAIT, DISAIT-IL DANS SA LETTRE.

IL PLEURAIT, MAIS IL Y ÉTAIT.

POUR MA PART, JE NE VOIS AUCUN COURAGE DANS CE GESTE...

ILS SONT VENUS LE SOIR MÊME.

99

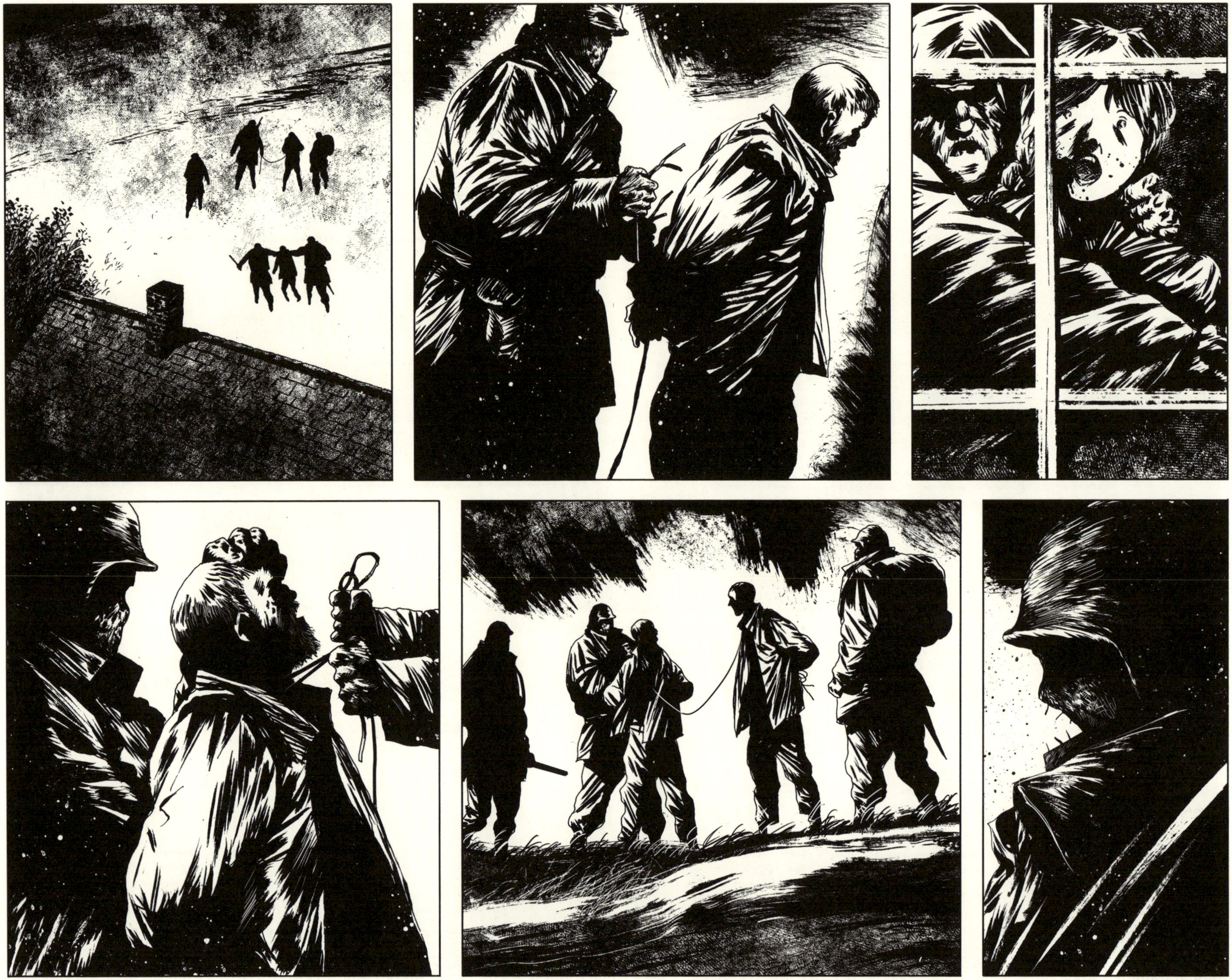

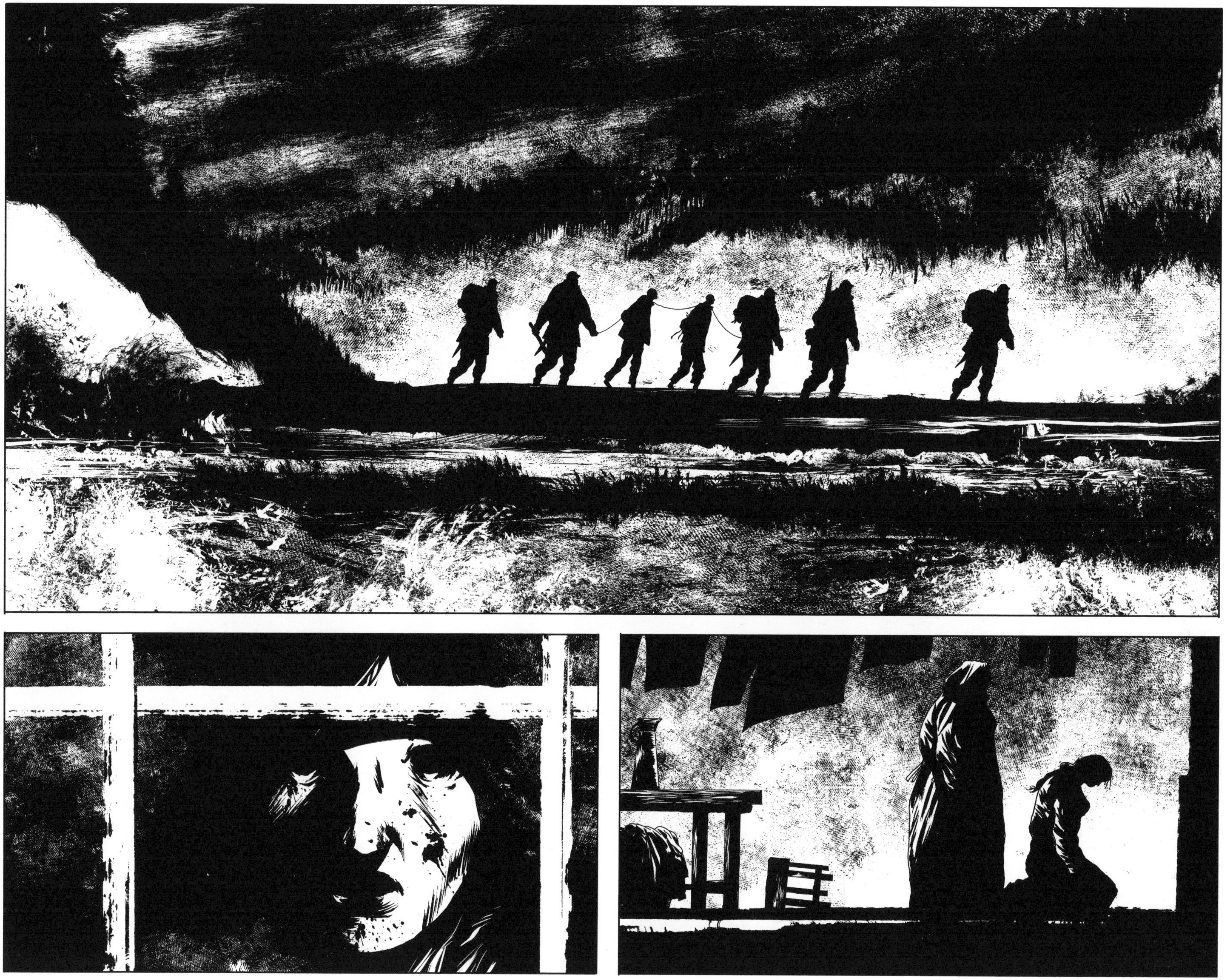

JE N'AI AUCUNE HAINE À L'ENCONTRE DE DIODÈME.

EN LISANT SA LETTRE, J'AI DAVANTAGE IMAGINÉ SES SOUFFRANCES QUE JE NE ME SUIS SOUVENU DES MIENNES.

J'AI COMPRIS POURQUOI IL AVAIT MONTRÉ TANT DE CHALEUR À S'OCCUPER DE FÉDORINE ET EMÉLIA EN MON ABSENCE, LES VISITANT CHAQUE JOUR, LES AIDANT SANS CESSE...

...LES AIDANT ENCORE AVEC PLUS D'ABNÉGATION QUAND EMÉLIA ENTRA DANS SON "LONG SILENCE".

ET J'AI AUSSI COMPRIS POURQUOI, PASSÉ LE PREMIER MOMENT DE STUPEUR, LORS DE MON RETOUR DU CAMP, IL A LAISSÉ ÉCLATER SON BONHEUR...

IL M'A SERRÉ DANS SES BRAS, M'A FAIT VALSER, TOURNOYER EN RIANT.

JE REVENAIS, MAIS C'ÉTAIT LUI QUI POUVAIT ENFIN REVIVRE.

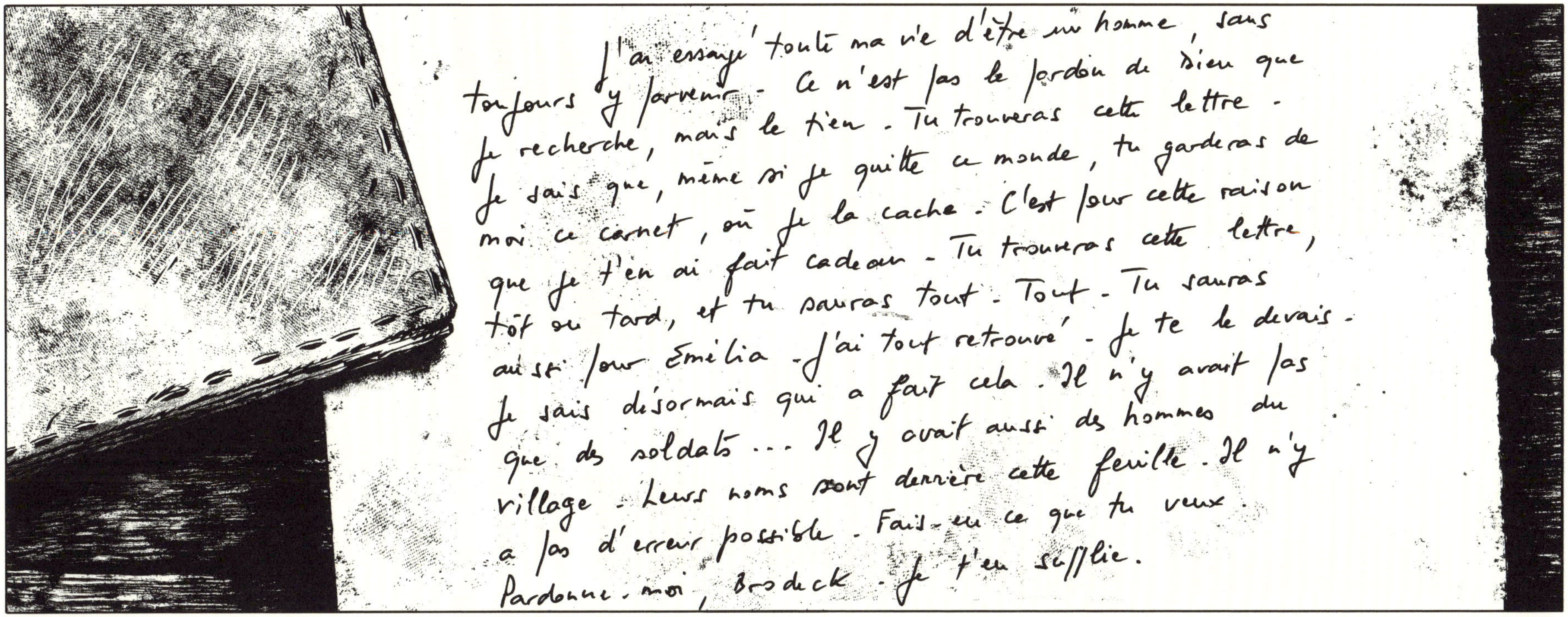

> J'ai essayé toute ma vie d'être un homme, sans toujours y parvenir. Ce n'est pas le pardon de Dieu que je recherche, mais le tien. Tu trouveras cette lettre. Je sais que, même si je quitte ce monde, tu garderas de moi ce carnet, où je la cache. C'est pour cette raison que je t'en ai fait cadeau. Tu trouveras cette lettre, tôt ou tard, et tu sauras tout. Tout. Tu sauras aussi pour Emélia. J'ai tout retrouvé. Je te le devais. Je sais désormais qui a fait cela. Il n'y avait pas que des soldats... Il y avait aussi des hommes du village. Leurs noms sont derrière cette feuille. Il n'y a pas d'erreur possible. Fais-en ce que tu veux. Pardonne-moi, Brodeck. Je t'en supplie.

J'AI LU PLUSIEURS FOIS LA FIN DE LA LETTRE, BUTANT SUR LES DERNIERS MOTS, NE POUVANT ME RÉSOUDRE À FAIRE CE QUE DIODÈME ME DEMANDAIT...

...TOURNER LA PAGE ET DÉCOUVRIR LES NOMS... DES NOMS D'HOMMES QUE JE CONNAISSAIS FORCÉMENT, NOTRE VILLAGE EST SI PETIT.

JE SONGE SOUDAIN À L'ANDERER...

À LUI, J'AVAIS RACONTÉ L'HISTOIRE.

C'ÉTAIT DEUX SEMAINES APRÈS L'AVOIR RENCONTRÉ SUR LA FALAISE DE MUNSTERBECK, OCCUPÉ À CONTEMPLER ET DRESSER DES CROQUIS DU PAYSAGE.

MORGEN.

BONJOUR, MONSIEUR.

ACCEPTERIEZ-VOUS AUJOURD'HUI L'INVITATION QUE JE VOUS AI FAITE TANTÔT?

106

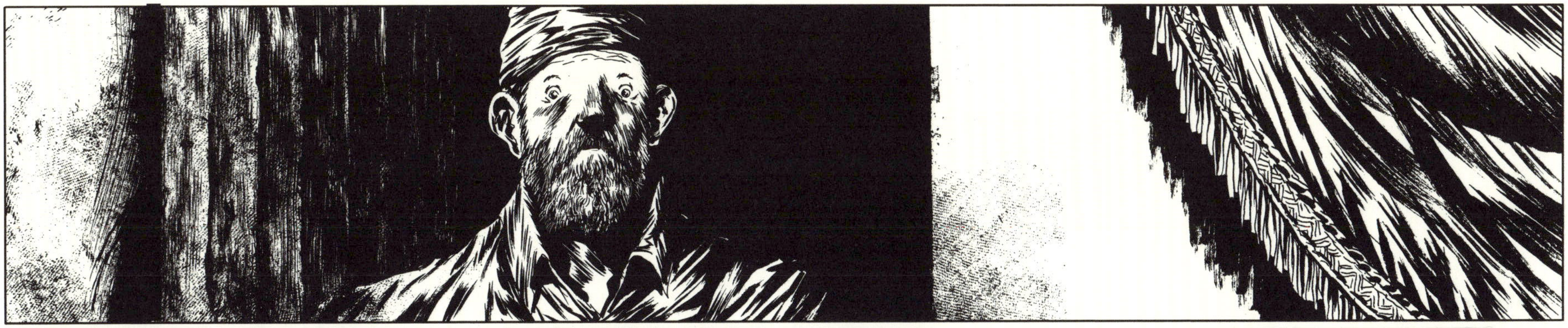

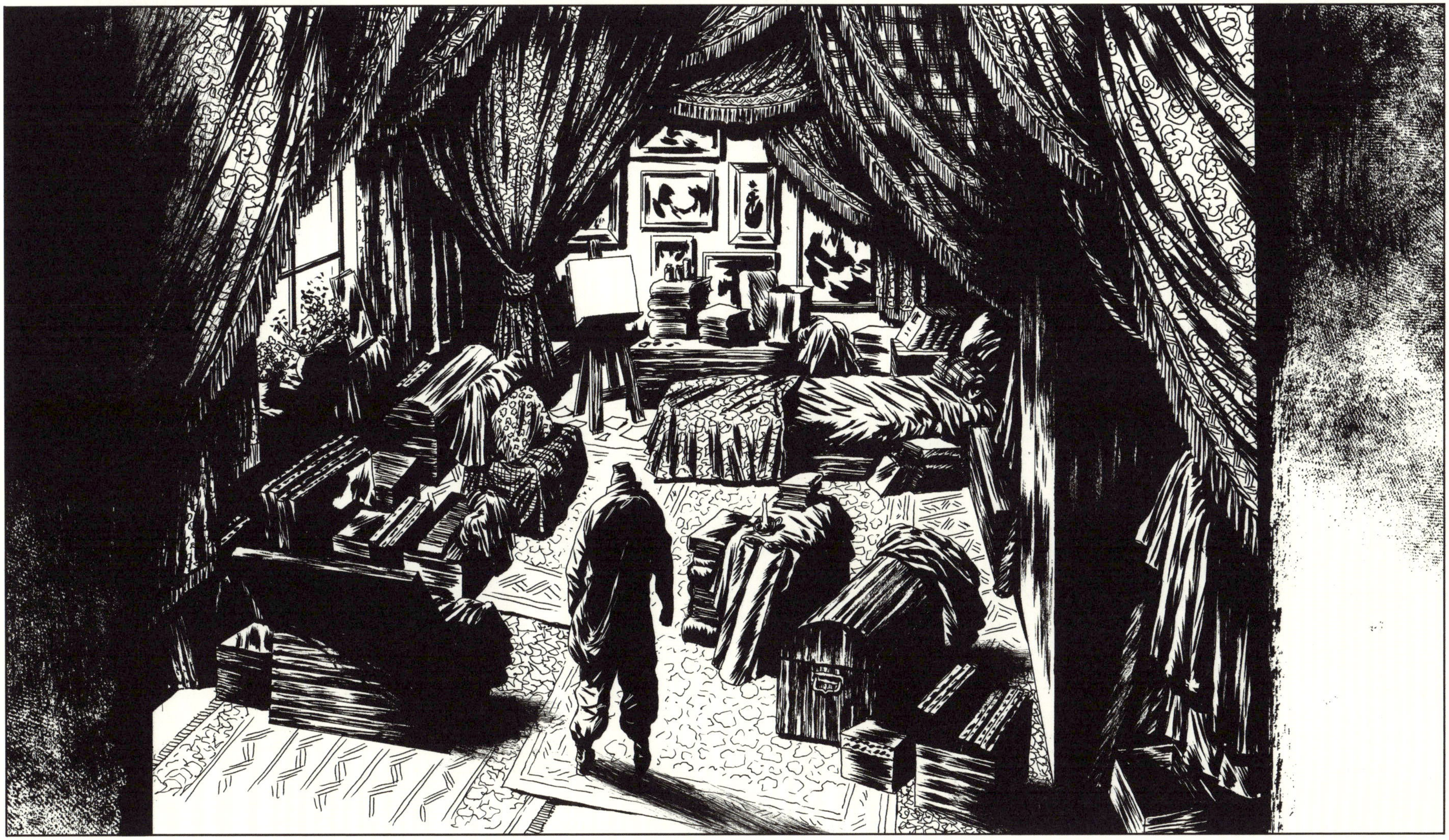

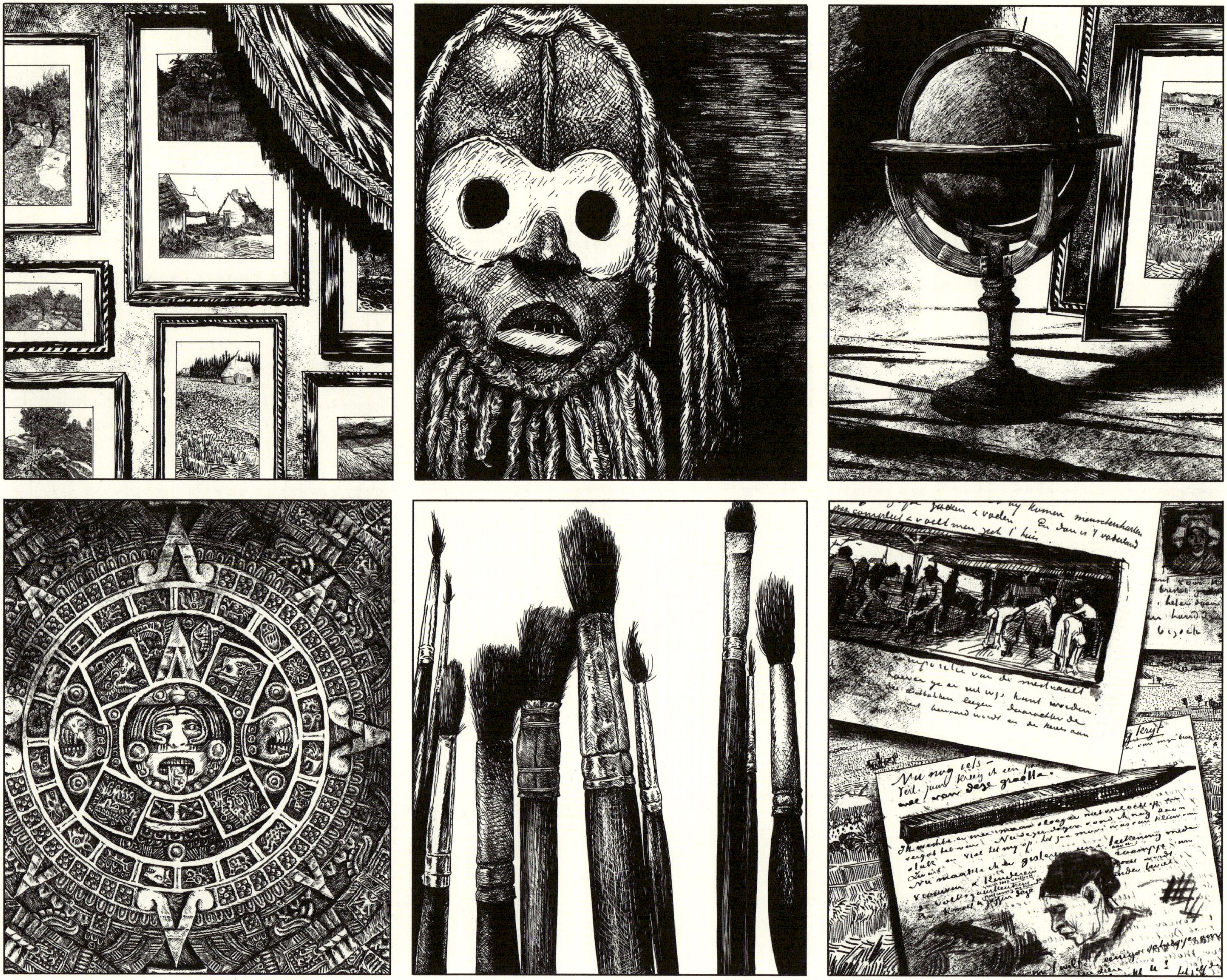

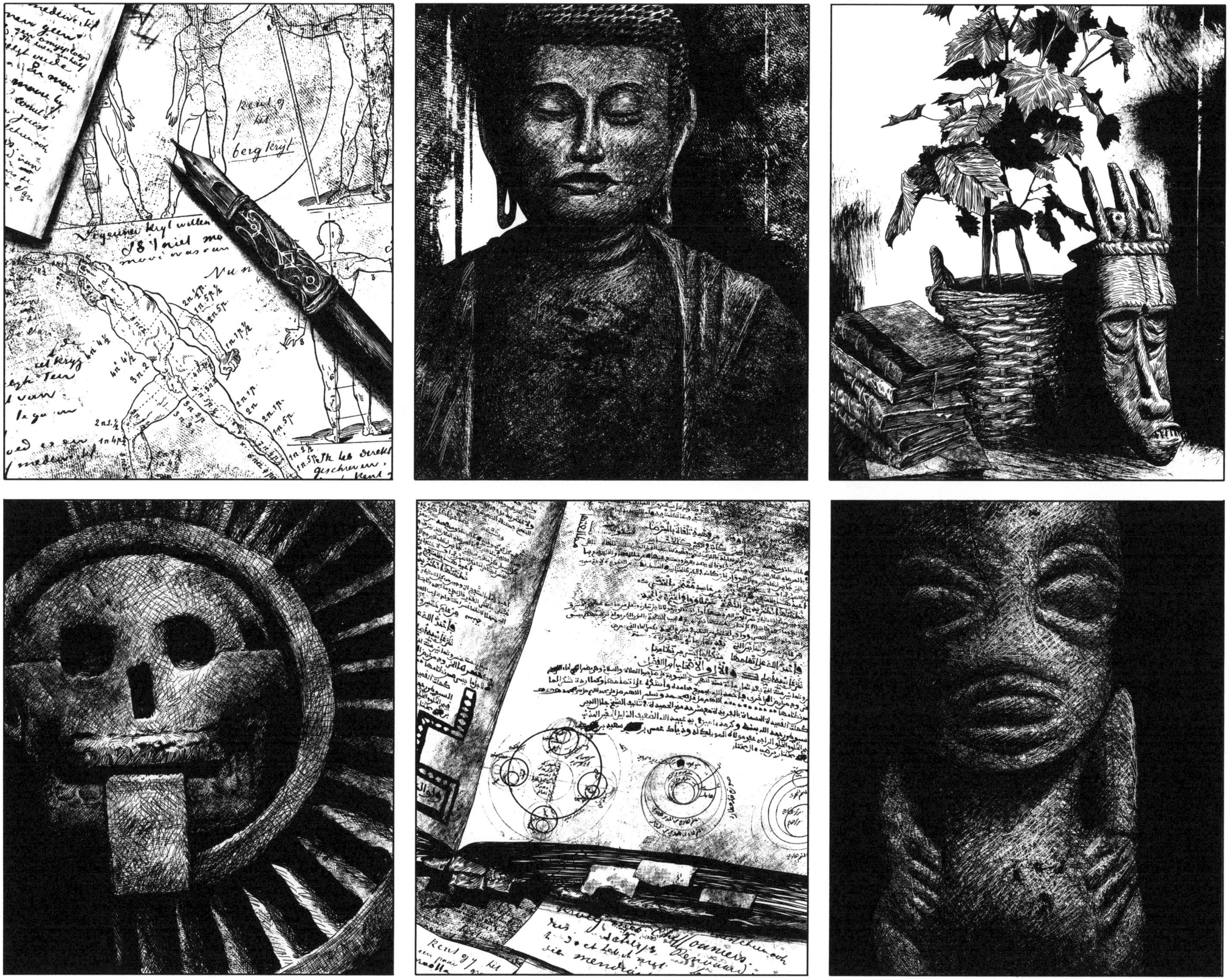

INSTALLEZ-VOUS CONFORTABLEMENT...
JE CHERCHE UN...
LE VOILÀ!
REGARDEZ... JE SUIS CERTAIN QUE ÇA VA VOUS INTÉRESSER.
Liber Florae Montanarum
LE "LIBER FLORAE" D'ABIGAËL STURENS! JUSQU'À CE JOUR, JE CONSIDÉRAIS CE LIVRE COMME UN MYTHE...

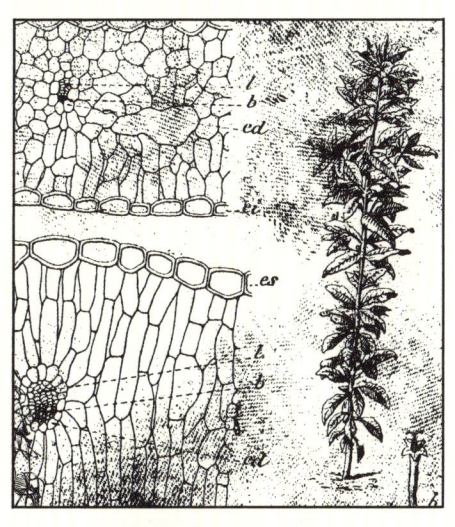

SA VALEUR SCIENTIFIQUE EST INESTIMABLE. IL RÉPERTORIE TOUTE LA FLORE DE MONTAGNE, JUSQU'AUX PLUS RARES ESPÈCES AUJOURD'HUI DISPARUES, LE TOUT AGRÉMENTÉ DE CENTAINES DE GRAVURES D'UNE PRÉCISION UNIQUE. J'AVAIS ENTENDU DIRE QU'IL N'EN EXISTAIT QUE QUATRE EXEMPLAIRES. BEAUCOUP DE RICHES LETTRÉS AURAIENT DONNÉ UNE FORTUNE POUR LE POSSÉDER.

JE VOUS EN PRIE, OUVREZ-LE.

- INTÉRESSANT, N'EST-CE PAS?

- C'EST VENU TOUT SEUL...

- ...J'AI COMMENCÉ À LUI PARLER D'EMÉLIA.

JE LUI AI DIT MON DÉPART, ATTACHÉ, ESCORTÉ DE SOLDATS. JE LUI AI DIT LES HURLEMENTS D'EMÉLIA DANS MON DOS.

JE LUI AI DIT AUSSI CE QUE FÉDORINE M'AVAIT RACONTÉ, À MON RETOUR. EMÉLIA ET ELLE SONT RESTÉES SEULES À LA CABANE. LE VILLAGE LES ÉVITAIT, COMME SI ELLES ÉTAIENT SOUDAIN ATTEINTES D'UNE SORTE DE PESTE.

DIODÈME FUT LE SEUL À S'OCCUPER D'ELLES, PAR AMITIÉ OU PAR HONTE, COMME JE L'AI DIT.

CHAQUE JOUR, EMÉLIA NOTAIT DANS UN PETIT CAHIER QUELQUES PHRASES QUI M'ÉTAIENT DESTINÉES. DES CHOSES SIMPLES ET DOUCES, COMME SI J'ALLAIS RENTRER L'INSTANT SUIVANT.

JAMAIS ELLE N'Y FIT LA MOINDRE ALLUSION AUX SOLDATS, À LA GUERRE, NI MÊME À SON PROPRE DÉSARROI.

CE CAHIER, JE L'AI TOUJOURS, BIEN SÛR. J'EN RELIS SOUVENT DES PASSAGES.

UN LONG DÉROULÉ DE MES JOURS D'ABSENCE...

C'EST NOTRE HISTOIRE, À ELLE ET MOI... CES MOTS, JE LES GARDE POUR MOI SEUL, COMME LES DERNIÈRES TRACES DE SA VOIX, AVANT QU'ELLE N'ENTRE DANS LA NUIT.

FÉDORINE M'EXPLIQUA QUE CE FUT SUR LES CONSEILS DE GÖBBLER QUE LE VILLAGE BASCULA PEU À PEU...

IL FIT REMARQUER À TOUS COMBIEN IL ÉTAIT AVANTAGEUX D'ÊTRE AINSI OCCUPÉ PAR LA TROUPE, QU'ELLE GARANTISSAIT PAIX ET SÉCURITÉ, ET FAISAIT DU VILLAGE UNE ZONE ÉPARGNÉE PAR LES MASSACRES.

SANS OUBLIER QU'UNE CENTAINE D'HOMMES, ÇA MANGE, ÇA BOIT, ÇA FAIT LAVER ET REPRISER SON LINGE... ÇA RAPPORTE EN FAIT UNE QUANTITÉ D'ARGENT CONSIDÉRABLE.

LES SOLDATS RESTÈRENT PRÈS DE DIX MOIS AU VILLAGE, SANS INCIDENT NOTABLE.

LE CLIMAT CHANGEA CEPENDANT DURANT LES DERNIÈRES SEMAINES. ON NE SUT POURQUOI QUE PLUS TARD.

LA GUERRE AVAIT CHANGÉ DE PLACE ET D'ESPRIT. MAINTENUS DANS L'IGNORANCE, CEUX D'ICI NE POUVAIENT DEVINER CE CHANGEMENT, MAIS LE KOMDANT, LUI, SAVAIT TOUT...

...LA DÉROUTE, LE DÉSASTRE, L'EFFONDREMENT DE CE GRAND TERRITOIRE QUI DEVAIT ÉTENDRE SON EMPRISE SUR LE MONDE ET DURER DES MILLIERS D'ANNÉES ÉTAIENT EN MARCHE.

LA TROUPE, COMME UN CHIEN QUI SENT LE DÉSARROI DE SON MAÎTRE, DEVINT DE PLUS EN PLUS NERVEUSE ET LES VIEUX RÉFLEXES REFIRENT SURFACE.

À DE MULTIPLES REPRISES, ET POUR DES MOTIFS FUTILES, CERTAINS FURENT ROSSÉS, D'AUTRES FOUETTÉS. LA PEUR REVINT ALORS ET, AVEC ELLE, LE DÉSIR DE LA CONJURER.

LES DERNIERS MOTS DANS LE CAHIER D'EMÉLIA DATENT DE LA VEILLE DU DÉPART DE LA TROUPE.

CE JOUR-LÀ, DES HOMMES DU VILLAGE, PARTIS SCHLITTER DU BOIS DANS LA FORÊT DE BORENSFALL, DÉCOUVRIRENT TROIS JEUNES FILLES, CACHÉES DANS UNE COMBE.

AFFAMÉES, TRANSIES, TERRORISÉES, ELLES NE PARLAIENT PAS NOTRE LANGUE. ELLES FUYAIENT SANS DOUTE DEPUIS DES MOIS ET S'ÉTAIENT PERDUES DANS LA FORÊT.

APRÈS LES AVOIR NOURRIES, ELLES LES SUIVIRENT, CONFIANTES, IGNORANT QUE CHAQUE PAS QUI LES RAPPROCHAIT DU VILLAGE SCELLAIT LEUR SORT.

LES HOMMES AVAIENT COMPRIS QU'ELLES ÉTAIENT DES FEMMES...

EMBARRASSÉS PAR CETTE DANGEREUSE TROUVAILLE, C'EST CHEZ GÖBBLER QU'ILS LES EMMENÈRENT.

VA CHERCHER LES SOLDATS, ÇA LES CALMERA.

— QUE SE PASSE-T-IL, GÖBBLER ?
— QUI SONT-ELLES ?
— NE TE MÊLE PAS DE ÇA, EMELIA.

RENTRE CHEZ TOI, EMÉLIA...

ALORS ELLES VIENNENT AVEC MOI!

KOM... KOM!

TU...
TU AS APPELÉ LES SOLDATS?
ARRÊTEZ!
LAISSEZ-LES! JE LES HÉBERGERAI...
GÖBBLER!
FILS DU PORC!

— DE QUEL DROIT, GÖBBLER? TE CROIS-TU DONC SI IMPORTANT, TOI QUI N'ÉTAIS RIEN AVANT LEUR ARRIVÉE?

TU ES COMME EUX, FAIT DE LA MÊME POURRITURE!

— FAIS ATTENTION, EMÉLIA...

121

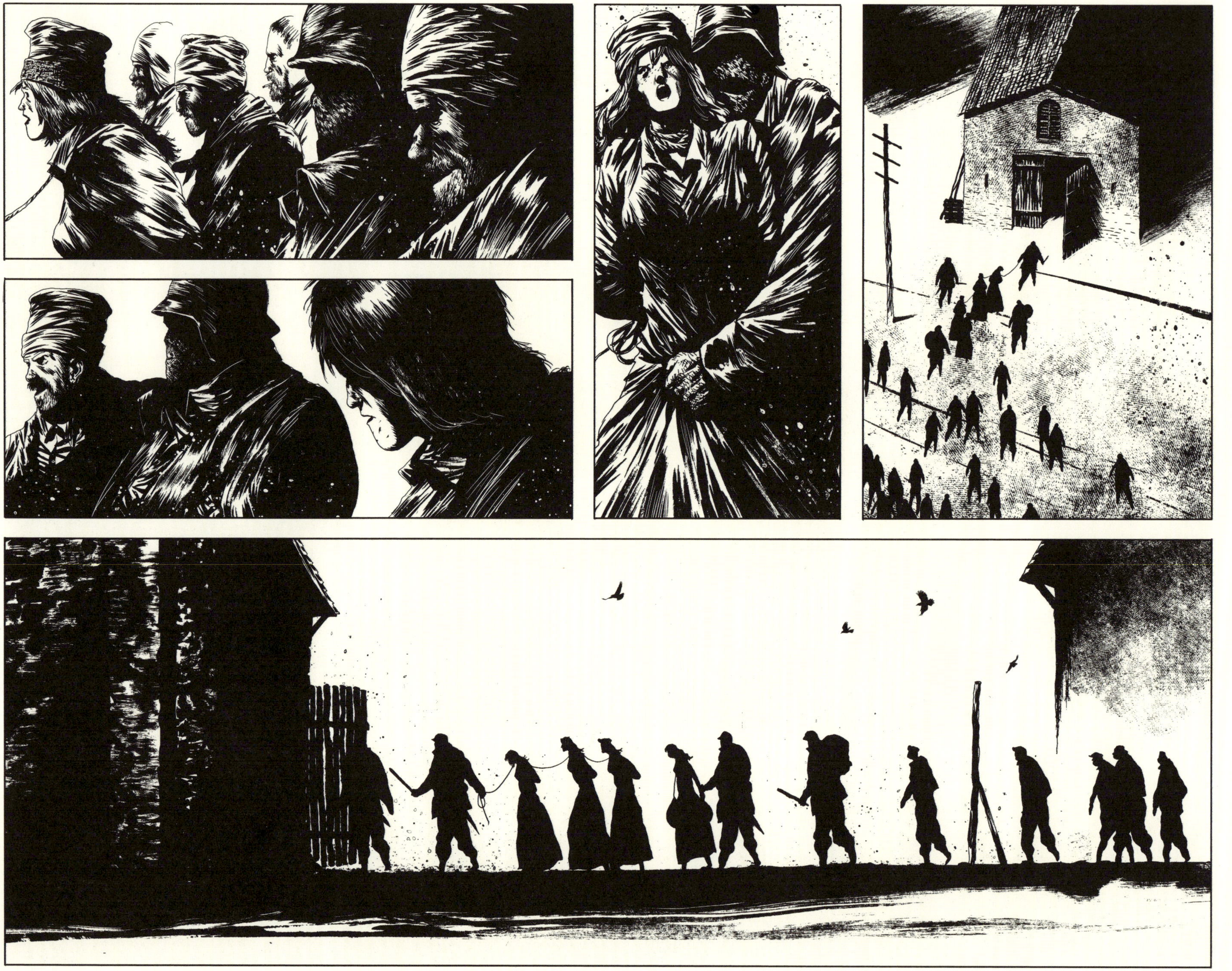

Le lendemain matin, les soldats étaient partis. Ne restait d'eux que l'odeur aigre du vin vomi.

Fédorine a erré dans le village silencieux jusqu'à la grange. Quand elle y est entrée, elle a distingué des formes allongées, les unes contre les autres, immobiles.

Il y avait les trois jeunes filles, et toutes avaient les yeux grands ouverts. Fédorine leur a fermé les paupières.

Et il y avait Emélia, la seule à respirer encore, faiblement. Ils l'avaient laissée pour morte, mais elle n'avait pas voulu mourir.

Lorsque Fédorine est parvenue près d'elle, qu'elle a pris son visage contre son ventre, Emélia a commencé à murmurer la chanson qui, depuis, ne la quitte plus.

MOI, JE REVENAIS DE DEUX ANNÉES HORS DU MONDE, À DEMI MORT.

125

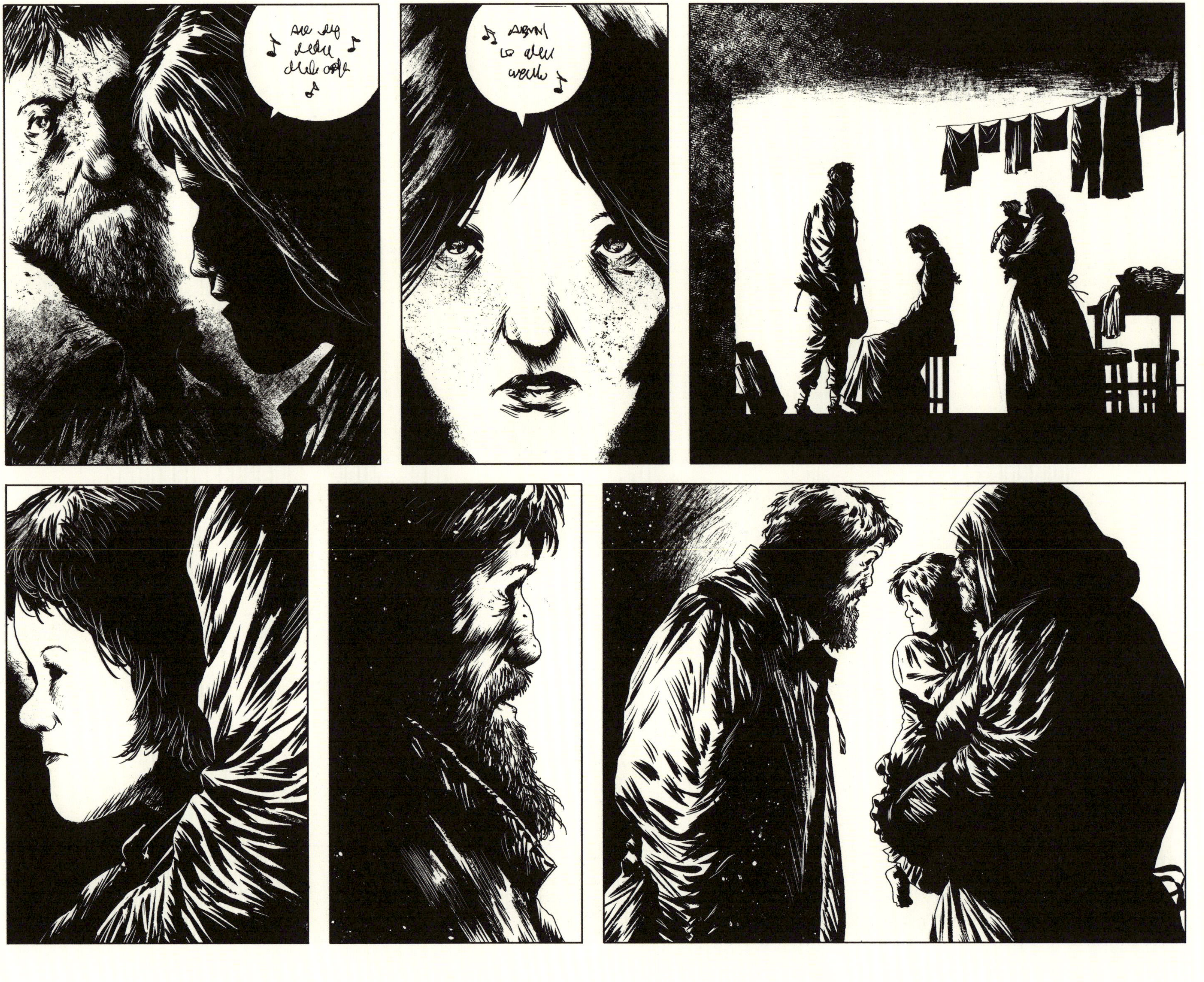

— PARDON. JE SUIS DÉSOLÉ, JE...

— NE VOUS EXCUSEZ PAS...

— ...JE SAIS QUE RACONTER PEUT ÊTRE UN REMÈDE SÛR.

J'AI BRÛLÉ LA LETTRE DE DIODÈME, BIEN SÛR.

ÉCRIRE NE L'AVAIT GUÉRI DE RIEN, LUI, ET DÉCOUVRIR LES NOMS AU DOS DE LA FEUILLE NE M'AURAIT SERVI À RIEN.

JE N'AI PAS L'ESPRIT DE VENGEANCE. JE SERAI TOUJOURS LE CHIEN BRODECK QUI PRÉFÈRE LA POUSSIÈRE À LA MORSURE.

APRÈS MON RÉCIT DANS LA CHAMBRE DE L'ANDERER, JE N'AI PAS EU LE COURAGE DE RENTRER DIRECTEMENT À LA CABANE. JE SUIS ALLÉ SUR LES BERGES DE LA RIVIÈRE STAUBI.

C'EST LÀ QUE LEURS BOURREAUX ONT ENTERRÉ LES JEUNES FILLES. C'EST DIODÈME QUI M'A MONTRÉ L'ENDROIT EXACT.

ILS LES ONT ENFOUIES LÀ, SANS TOMBE, SANS CROIX, SANS RIEN, COMME ON L'AURAIT FAIT DE CHAROGNES.

L'ANDERER EST SOUVENT VENU À CET ENDROIT. ASSIS DANS L'HERBE, IL PRENAIT DES NOTES, DESSINAIT DANS SON PETIT CARNET.

JE PENSE QUE CERTAINS L'ONT VU LÀ, PRÉCISÉMENT LÀ. ILS ONT DÛ SE PERSUADER QU'IL NE S'ATTARDAIT PAS À CETTE PLACE PAR HASARD, TOUT PRÈS DU CHARNIER SECRET.

CEUX DU VILLAGE L'ONT CONDAMNÉ À MORT POUR CELA, AUSSI.

DIODÈME AUSSI EST MORT NON LOIN DE LÀ. J'AI LONGTEMPS CRU QUE LES AUTRES L'AVAIENT TUÉ, COMME ILS AVAIENT TUÉ L'ANDERER.

DEPUIS QUE J'AI LU SA LETTRE, JE SAIS QUE LA VÉRITÉ EST AUTRE.

129

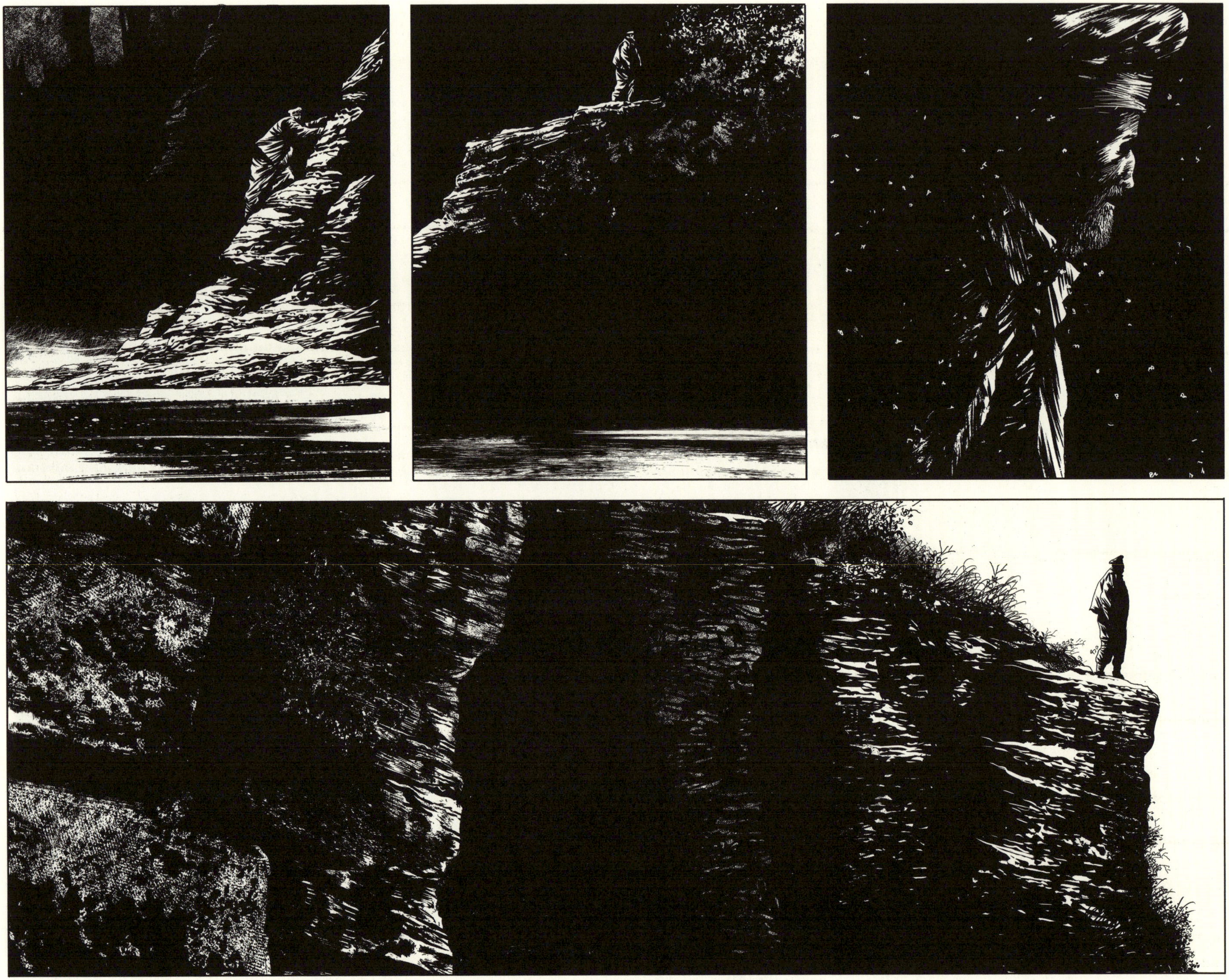

C'EST UNE DRÔLE D'EXPRESSION, QUAND ON Y RÉFLÉCHIT, "TROUVER LA MORT"...

JE PENSE AUJOURD'HUI QUE, SI DIODÈME A TROUVÉ LA MORT, C'EST PARCE QU'IL LA CHERCHAIT.

MON DÉPART POUR LE CAMP, EMÉLIA, POUPCHETTE, LA MORT DES JEUNES FILLES PUIS CELLE DE L'ANDERER... ÇA DEVAIT LUI FAIRE TROP DE FANTÔMES.

— MON PAPA !

— POUPCHETTE... CERTAINS TE DIRONT QUE TU ES L'ENFANT DE LA SALISSURE, ENGENDRÉE DE LA HAINE ET DE L'HORREUR...

CERTAINS DIRONT QUE TU ÉTAIS SOUILLÉE BIEN AVANT DE NAÎTRE... NE LES ÉCOUTE PAS.

JE SUIS TON PÈRE, PEU IMPORTE CE QU'ILS DIRONT. MOI JE DIS QUE LES PLUS BELLES FLEURS VIENNENT PARFOIS DANS UNE TERRE DE SANIE.

J'AI PRESQUE TERMINÉ LE RAPPORT QU'ORSCHWIR ET LES AUTRES ATTENDENT. MAIS JE NE PEUX LE LEUR DONNER AVANT D'AVOIR ACHEVÉ MON HISTOIRE.

IL FAUT, POUR CELA, QUE JE REPRENNE L'ENCHAÎNEMENT DES JOURS QUI A MENÉ À L'EREIGNIËS.

| LE DÉCLENCHEUR EN FUT LES PETITS CARTONS PARFUMÉS À L'EAU DE ROSE QUE L'ANDERER AVAIT GLISSÉS SOUS LA PORTE DE CHAQUE MAISON.

Ce soir, sept heures à l'auberge Schloss

Portraits et Paysages

134

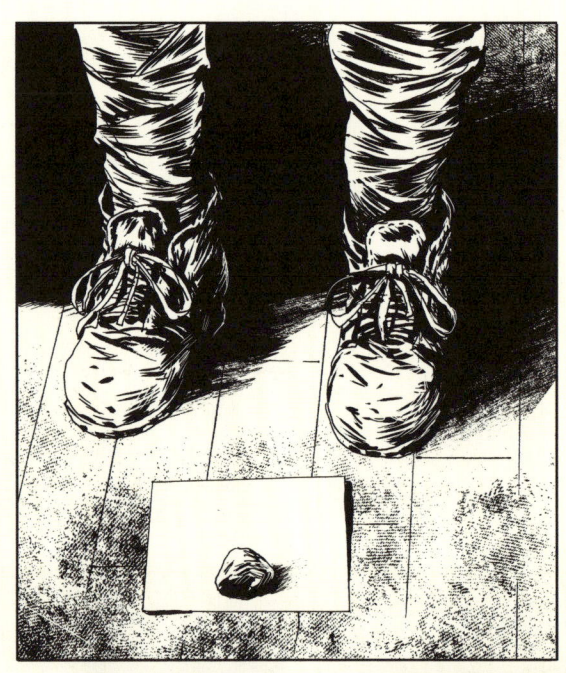

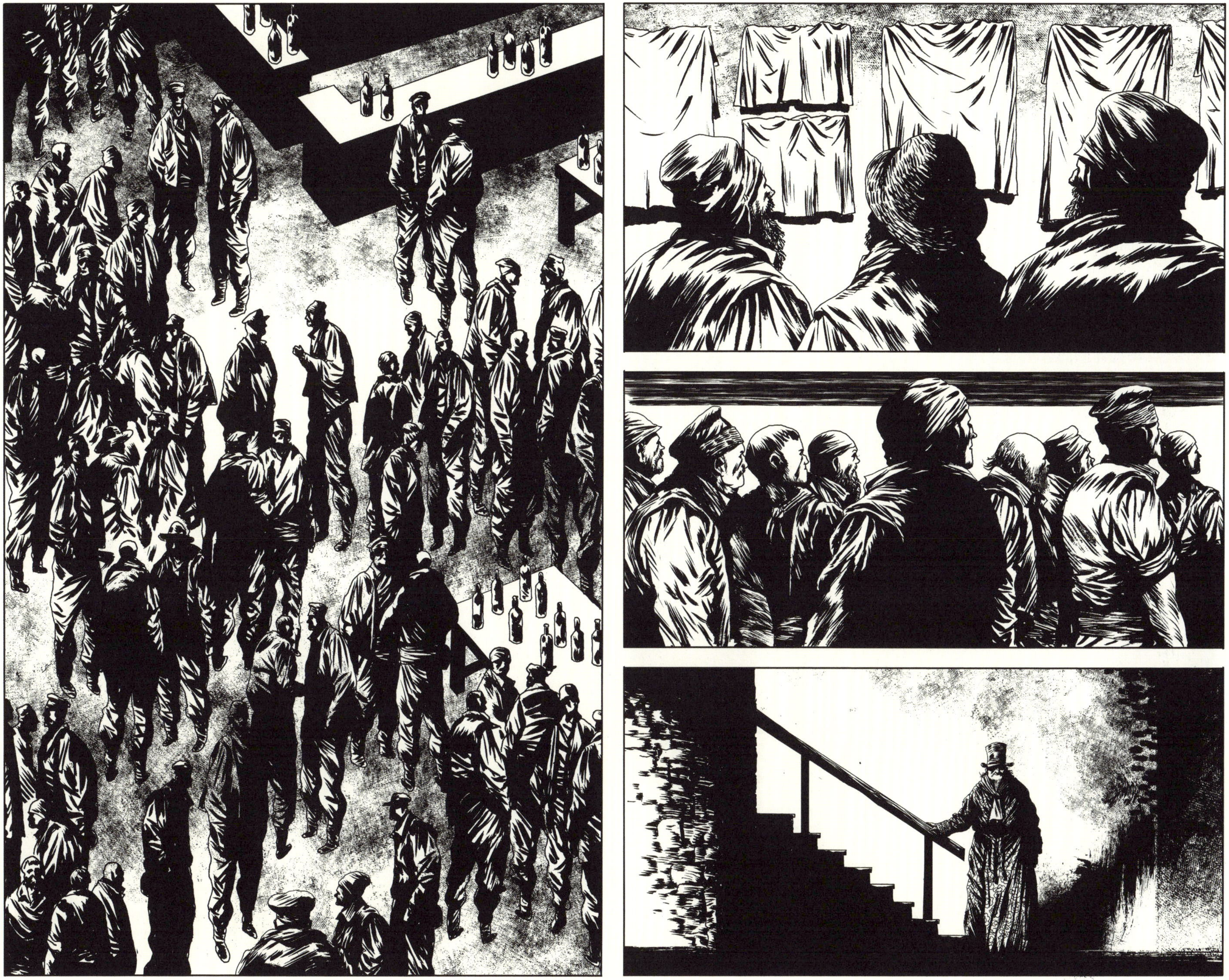

J'AI LONGTEMPS CHERCHÉ COMMENT VOUS REMERCIER DE VOTRE ACCUEIL ET DE VOTRE HOSPITALITÉ...

J'EN AI CONCLU QUE JE DEVAIS FAIRE CE QUE JE SAIS FAIRE... REGARDER, ÉCOUTER, SAISIR L'ÂME DES CHOSES ET DES ÊTRES.

JE CROIS, SANS PRÉTENTION, AVOIR COMPRIS UNE GRANDE PART DE VOUS-MÊMES ET DES PAYSAGES DANS LESQUELS VOUS VIVEZ.

VOYEZ MES PETITS TRAVAUX COMME AUTANT D'HOMMAGES SINCÈRES.

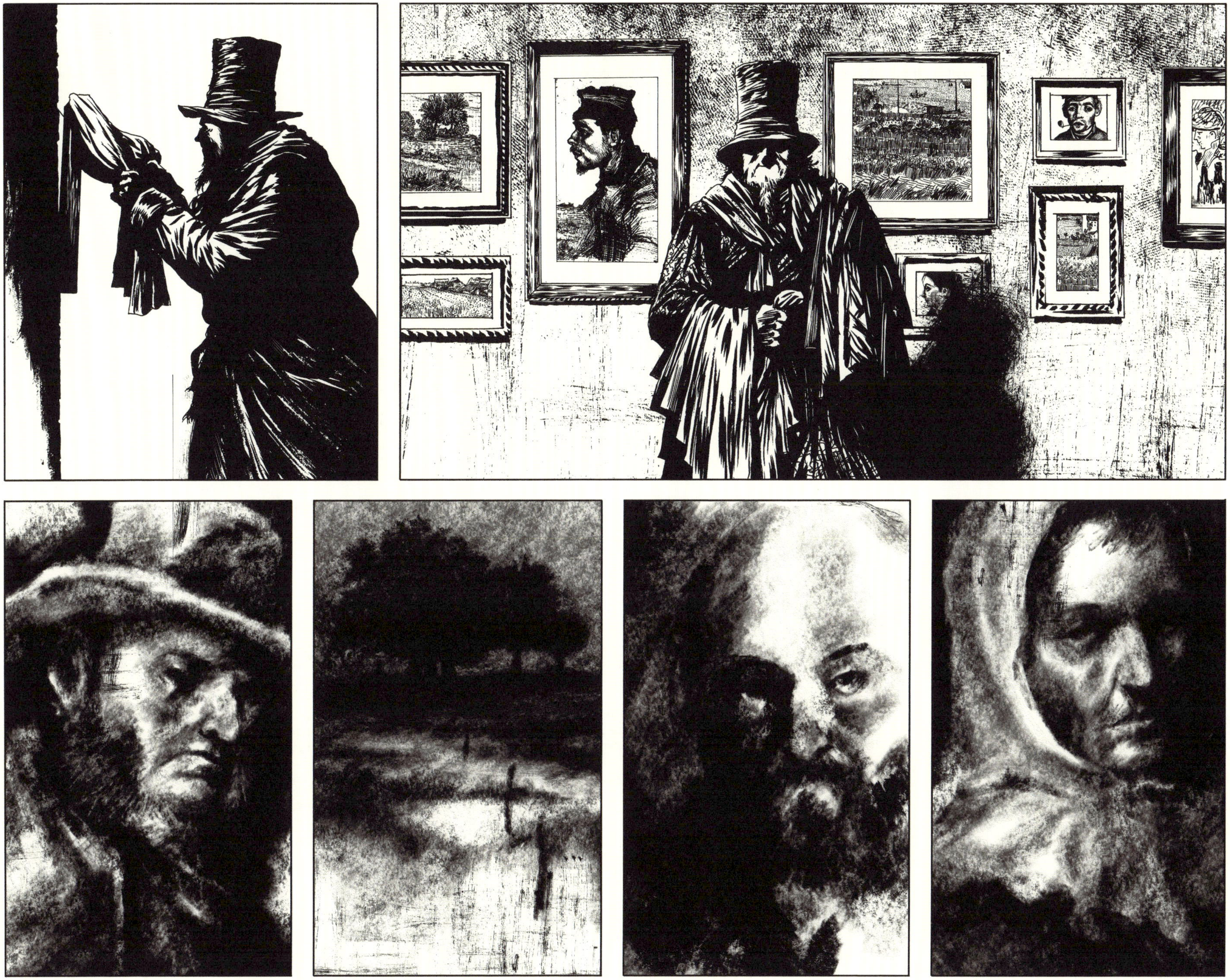

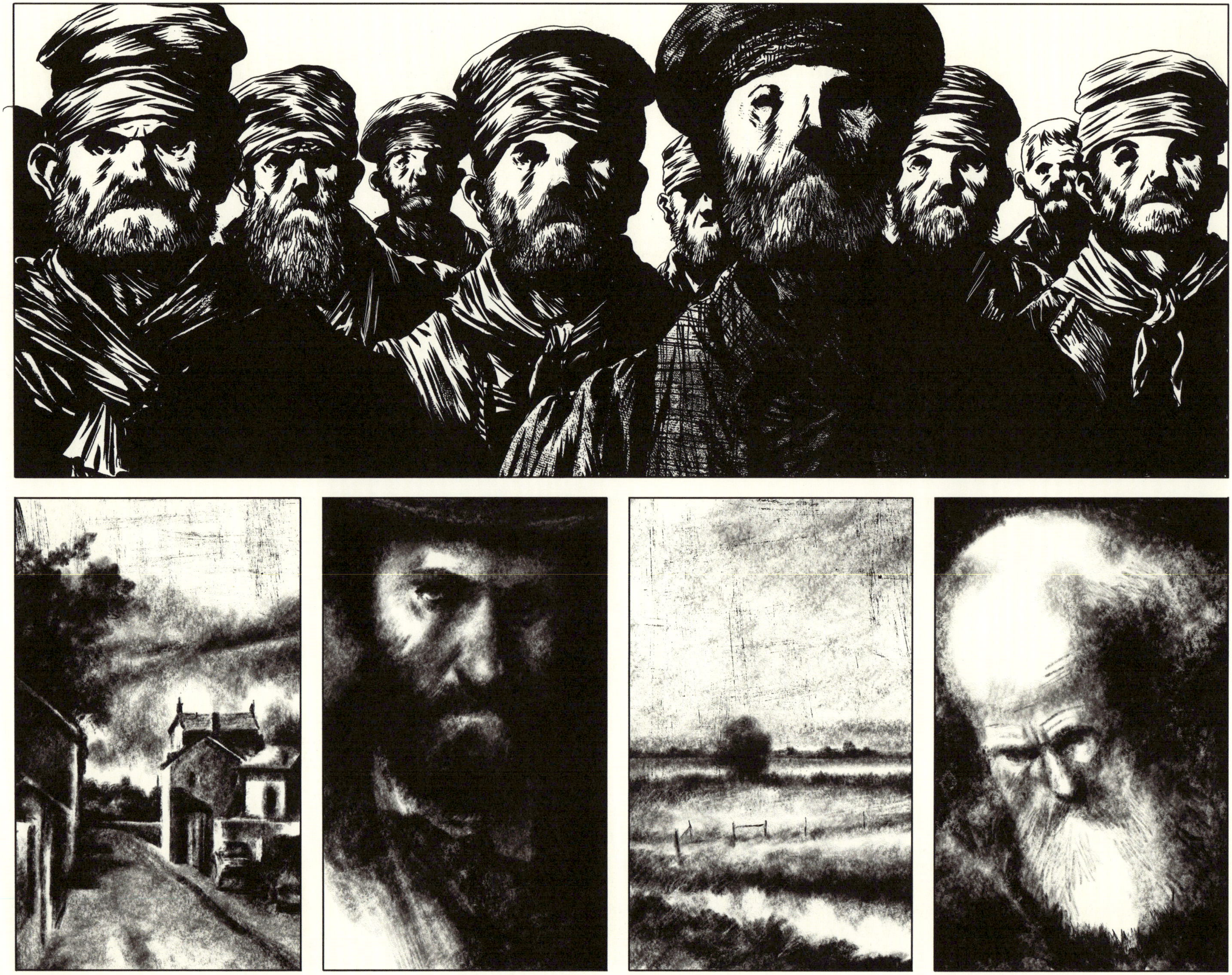

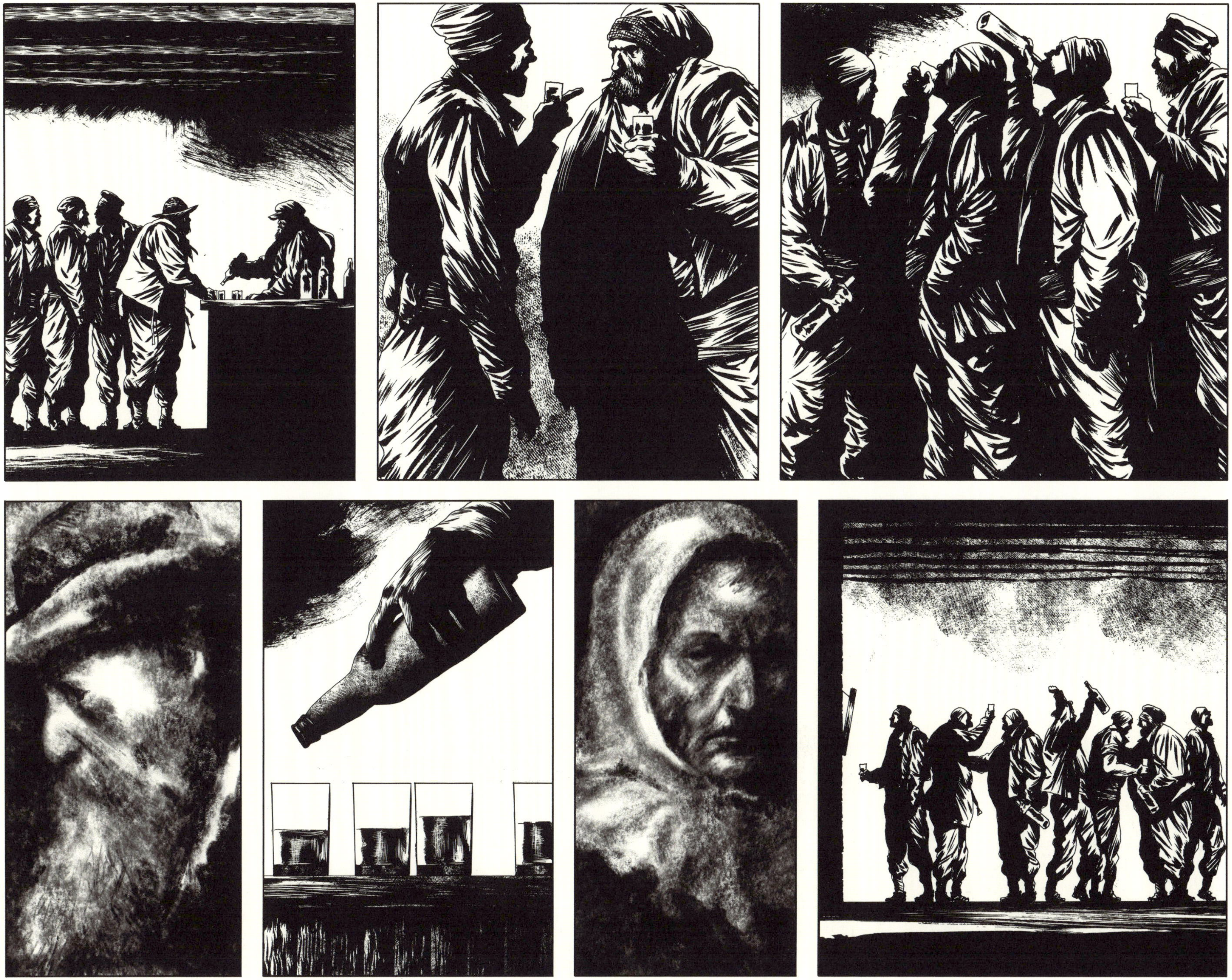

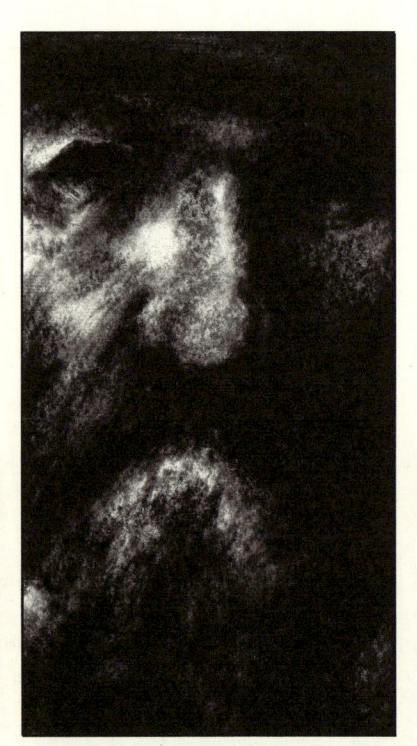

C'EST ÉTRANGE... TON PORTRAIT NE TE RESSEMBLE PAS TROP... ET POURTANT, C'EST TOUT À FAIT TOI...

— C'est incroyable... ses traits sont plus précis que des mots !

— Si tu regardes bien, c'est pareil pour tous, portraits ou paysages...
— Pas vraiment fidèles, mais absolument vrais.

— Où est-il ?
— Il est remonté directement dans sa chambre après son petit discours.

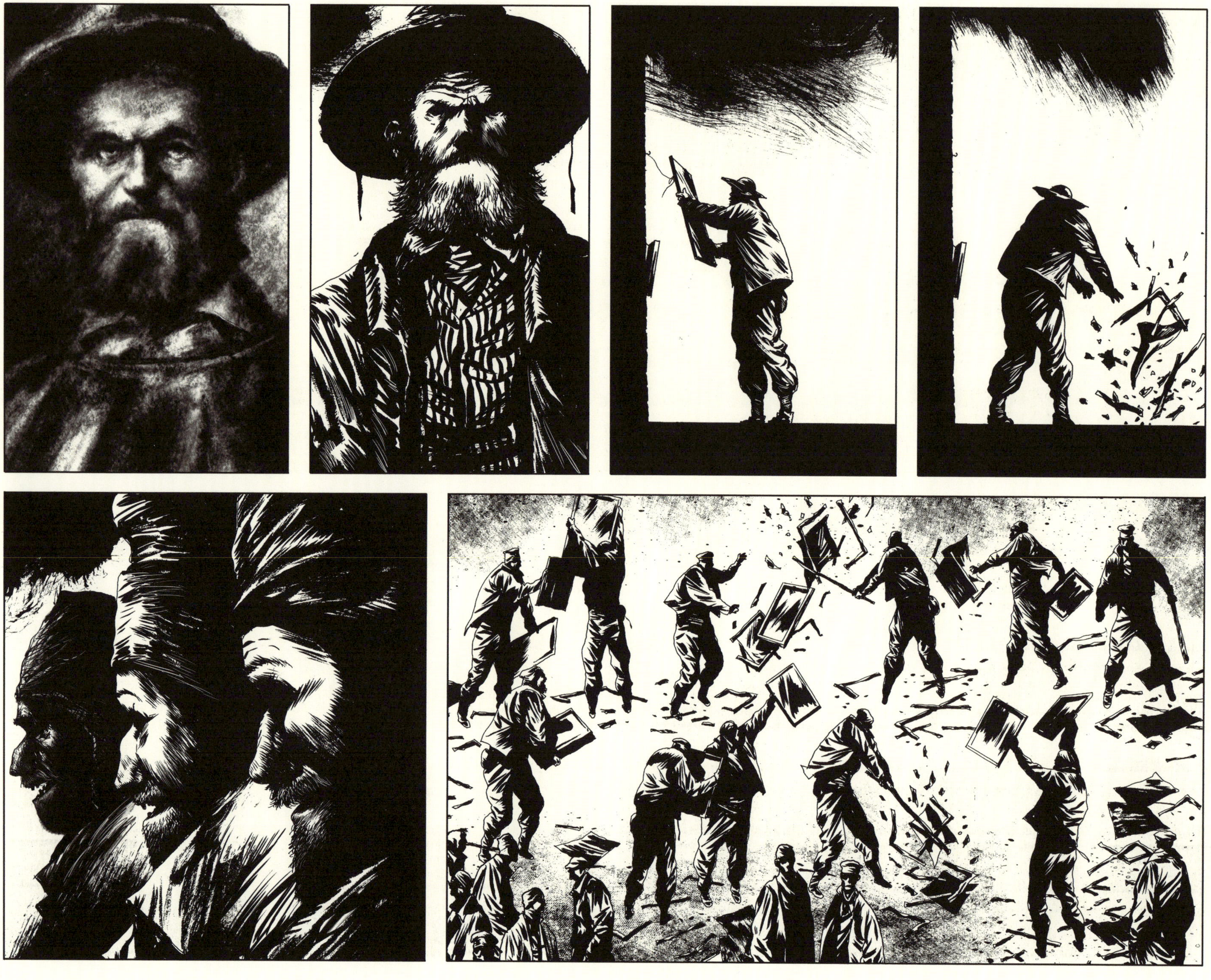

CE SOIR-LÀ, ILS ONT VU LA MÊME CHOSE QUE DIODÈME ET MOI...

DANS LES DESSINS DE L'ANDERER, ILS SE SONT VUS TELS QU'ILS ÉTAIENT, DANS LEUR ABSOLUE VÉRITÉ.

ILS SE SONT VUS À VIF, À NU, DANS CE QU'ILS AVAIENT DE PLUS SECRET.

ILS ONT DÛ PENSER QUE, SI L'ANDERER SAVAIT SI JUSTEMENT CE QU'ILS ÉTAIENT, IL SAVAIT PEUT-ÊTRE AUSSI CE QU'ILS AVAIENT FAIT.

LA SUITE DE LA SOIRÉE, C'EST SCHLOSS LUI-MÊME QUI ME L'A RACONTÉE EN ME FAISANT JURER DE GARDER LE SECRET.

APRÈS LE SACCAGE DE L'EXPOSITION, LES HOMMES, AVINÉS, SONT RENTRÉS CHEZ EUX...

SAUF ORSCHWIR...

JE VAIS LE VOIR, SCHLOSS. NE NOUS DÉRANGE PAS.

MONSIEUR LE MAIRE...
IL FAUT QUE JE VOUS PARLE.
EH BIEN ENTREZ DONC.
VOYEZ-VOUS, LES GENS D'ICI, S'ILS ONT UNE PLAIE ET QUE VOUS Y VERSEZ DU SEL, ILS DONNENT DE GRANDS COUPS DE PIED...
ET VOS DESSINS EN ÉTAIENT DE PLEINES POIGNÉES, N'EST-CE PAS?
LES DESSINS N'ONT AUCUNE IMPORTANCE...
N'Y PENSEZ PLUS, MONSIEUR LE MAIRE.

— Si vos gens ne les avaient pas détruits, je l'aurais fait moi-même.

— Puis-je vous demander ce que vous êtes venu faire exactement chez nous?

— Votre village m'a semblé digne d'intérêt.

— Mais il est loin de tout!

— Justement... je voulais voir comment vivent les hommes qui sont loin de tout.

— Vous réveillez, peut-être malgré vous, des choses endormies... ça ne peut mener à rien de bon.

— Je crois qu'il vaudrait mieux que vous quittiez notre village.

— S'il vous plaît... partez.

- IL Y A ENCORE UNE CHOSE QUI ME TRAVAILLE DEPUIS LONGTEMPS...

- AVEZ-VOUS ÉTÉ ENVOYÉ ICI PAR QUELQU'UN?

- TOUT DÉPEND DE VOS CROYANCES, MONSIEUR LE MAIRE... JE VOUS LAISSE SEUL JUGE.

L'ANDERER N'EST PAS PARTI.

♪ Es ist nicht deine Schuld dass die Welt ist...

♪ wie sie ist... ♪

♪ Es ist nicht deine Schuld... ♪

♪... dass die Welt ist ♪

Panel 1: Cinq jours plus tard, Diodème est venu me chercher dans la soirée.

— BRODECK!

Panel 2:
— VIENS, BRODECK!
— VIENS VITE!

Panel 3:
— QU'EST-CE QUI SE PASSE?
— VIENS DONC, JE TE DIS!
— VIENS VOIR CE QU'ILS ONT FAIT!

150

UN HOMME OU DEUX N'ONT PU FAIRE ÇA, BRODECK...

C'EST L'AFFAIRE DE PLUSIEURS, CE COUP-LÀ... ET UNE SACRÉE EXPÉDITION, EN PLUS!

QUE COMPTES-TU FAIRE, BRODECK?
ET QUE VOUDRAIS-TU QUE JE FASSE, ORSCHWIR?
FAIS COMME LES AUTRES...
RENTRE CHEZ TOI.

VENEZ, JE VOUS RAMÈNE À L'AUBERGE.

ASSASSINS!

ASSASSINS!

ASSASSINS!

— IL FAUT L'ARRÊTER OU ILS VONT LE...

— LAISSE-LE, DIODÈME !

— APRÈS CE QU'ILS LUI ONT FAIT, C'EST BIEN PEU DE CHOSE.

ASSASSINS !

DIODÈME M'A RAPPORTÉ QUE LES QUATRE JOURS SUIVANTS L'ANDERER RESTA CLOÎTRÉ DANS SA CHAMBRE.

EN REVANCHE, CHAQUE SOIR, APRÈS LE COUCHER DU SOLEIL, IL PARCOURAIT LE VILLAGE EN HURLANT SA LUGUBRE RÉCRIMINATION.

À LA MANIÈRE D'UN EFFRAYANT VEILLEUR DE NUIT, IL VENAIT RAPPELER À TOUS CE QU'ILS AVAIENT FAIT, OU N'AVAIENT PAS EMPÊCHÉ.

LE QUATRIÈME SOIR, FÉDORINE M'A DEMANDÉ D'ALLER CHERCHER DU BEURRE À L'AUBERGE. LA SUITE, JE L'AI DÉJÀ DÉCRITE.

JE VIENS DE TERMINER LE RAPPORT.

DANS QUELQUES HEURES, J'IRAI LE PORTER À ORSCHWIR, ET TOUT SERA FINI.

J'AI FAIT SIMPLE, J'AI TENTÉ DE DIRE SANS TRAHIR...

MAIS JE N'AI RIEN MAQUILLÉ, RIEN ARRANGÉ.

J'AI SUIVI LA PISTE AU PLUS PRÈS, EXCEPTÉ POUR LA DERNIÈRE JOURNÉE DE L'ANDERER, CELLE QUI A PRÉCÉDÉ L'EREIGNIËS. PERSONNE N'A VOULU M'EN PARLER.

ORSCHWIR?

TE VOILÀ, BRODECK...

— Je t'attendais.

— Voici le rapport, comme vous me l'avez tous demandé.

— Le rapport...

— Assieds-toi, Brodeck.

— Je veux que tu le lises devant moi, tout de suite, et que tu me dises. J'ai le temps, j'attendrai.

— Comme tu voudras... Moi aussi, j'ai le temps...

Orschwir a tout lu, du premier au dernier mot.

Ça a duré des heures. Mon esprit était engourdi, comme au repos après un grand effort.

— Tu écris bien, Brodeck... Nous ne nous sommes pas trompés en te choisissant.

— Je suis le maire, Brodeck... mais je ne pense pas que tu saches ce que ça signifie pour moi...

— Tu connais nos bergers sur les chaumes... Est-ce que tu crois qu'ils aiment leurs bêtes ?

— Les bêtes qu'on leur confie, ils doivent les nourrir, les abriter, les protéger... qu'ils les aiment ou non.

— ET LES BÊTES ? SAVENT-ELLES QU'ELLES ONT UN BERGER QUI FAIT TOUT ÇA POUR ELLES ? JE NE CROIS PAS.

— ELLES NE S'INTÉRESSENT QU'À CE QU'ELLES VOIENT SOUS LEURS PATTES ET JUSTE DEVANT LEUR TÊTE...

— L'EAU, L'HERBE, LA PAILLE... C'EST TOUT.

— LE BERGER, LUI, DOIT TOUJOURS PENSER AU LENDEMAIN.

— TOUT CE QUI APPARTIENT À HIER APPARTIENT À LA MORT. CE QUI IMPORTE, C'EST DE VIVRE. TU LE SAIS BIEN, TOI QUI ES REVENU D'OÙ ON NE REVIENT PAS.

— ET MOI, EN TANT QUE MAIRE, JE DOIS FAIRE EN SORTE QUE LES AUTRES AUSSI PUISSENT VIVRE ET ESPÉRER LE JOUR D'APRÈS...

— TU... TU NE PEUX PAS FAIRE ÇA, ORSCHWIR...

— JE SUIS LE BERGER, BRODECK, LE TROUPEAU COMPTE SUR MOI POUR ÉLOIGNER LES DANGERS... ET DE TOUS LES DANGERS, CELUI DE LA MÉMOIRE EST UN DES PLUS TERRIBLES... TU LE SAIS, TOI QUI TE SOUVIENS SI PARFAITEMENT DE TOUT... TOI QUI TE SOUVIENS TROP.

LES HOMMES ONT BESOIN D'OUBLIER, BRODECK.
REGARDE, BRODECK, IL NE RESTE PLUS RIEN...
EN ES-TU POUR AUTANT PLUS MALHEUREUX?
TU NE DÉTRUIS QUE DU PAPIER, ORSCHWIR, PAS CE QUE JE SAIS.
TU AS RAISON, ÇA N'ÉTAIT QUE DU PAPIER... MAIS SUR CE PAPIER, IL Y AVAIT TOUT CE QUE LE VILLAGE VEUT OUBLIER...
ET IL OUBLIERA, BRODECK... ÇA METTRA PEUT-ÊTRE UNE SEMAINE, UN MOIS, UN AN POUR CERTAINS...
MAIS CROIS-MOI, IL OUBLIERA.

TOUT LE MONDE N'EST PAS COMME TOI, BRODECK.

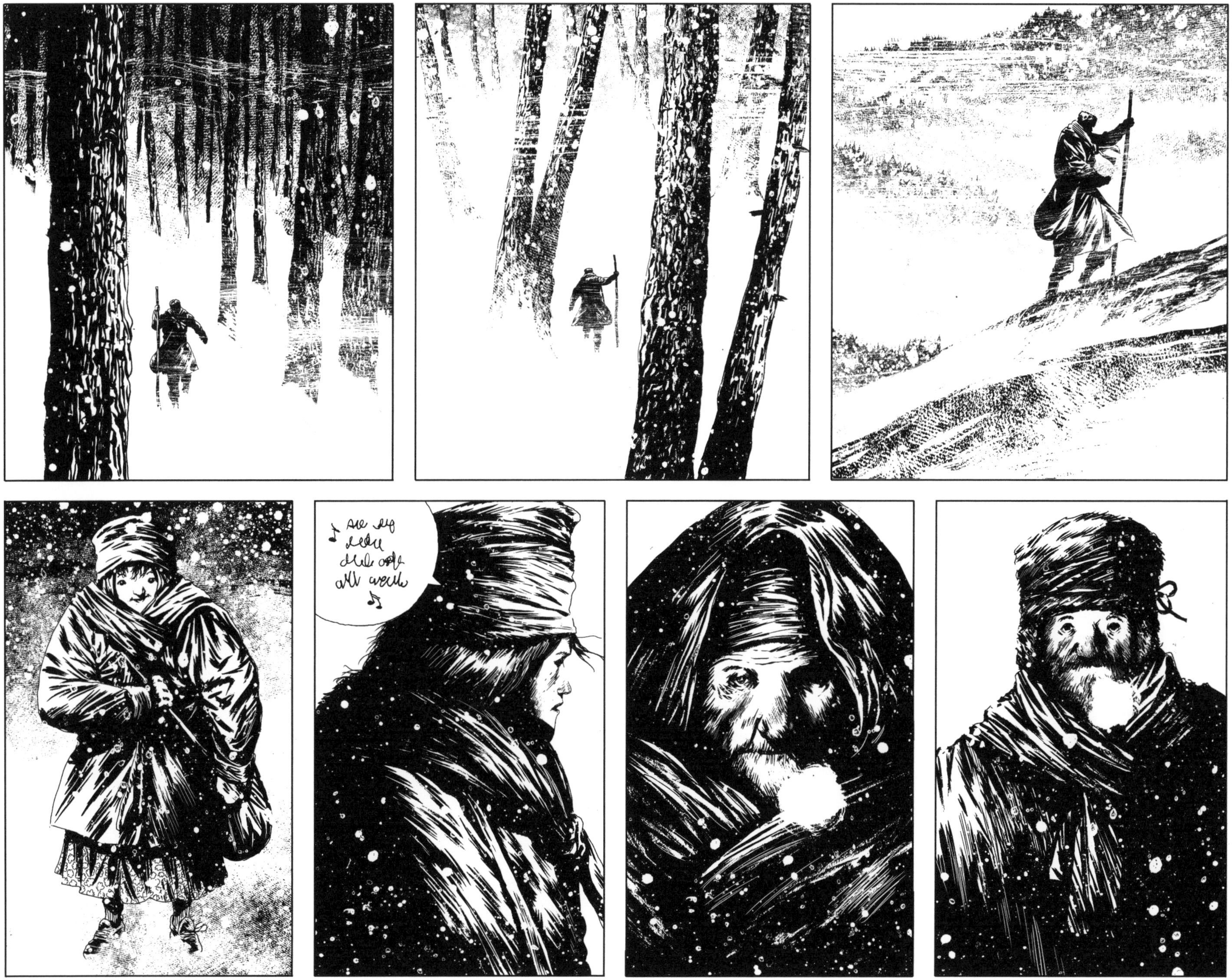

164

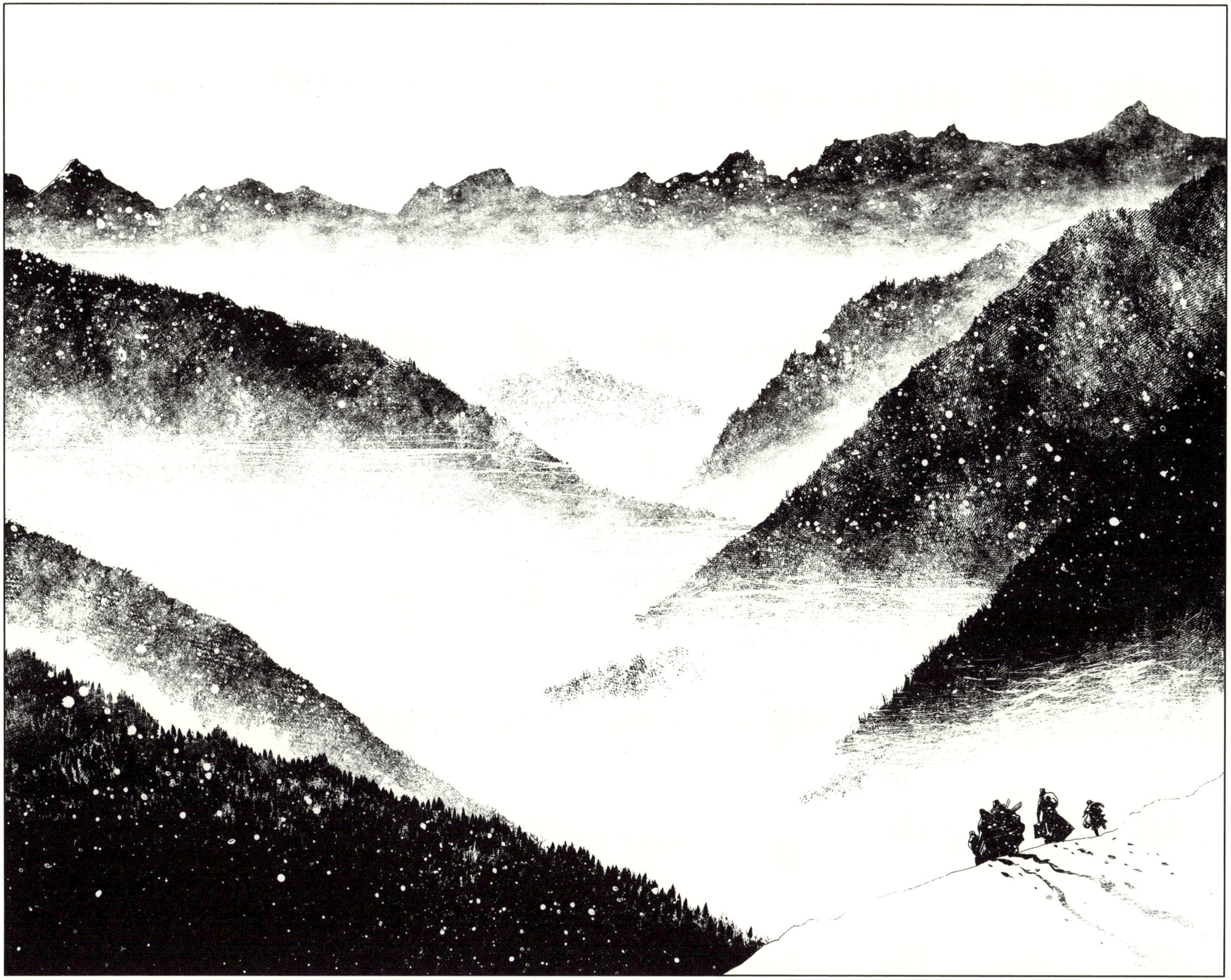
manu larcenet

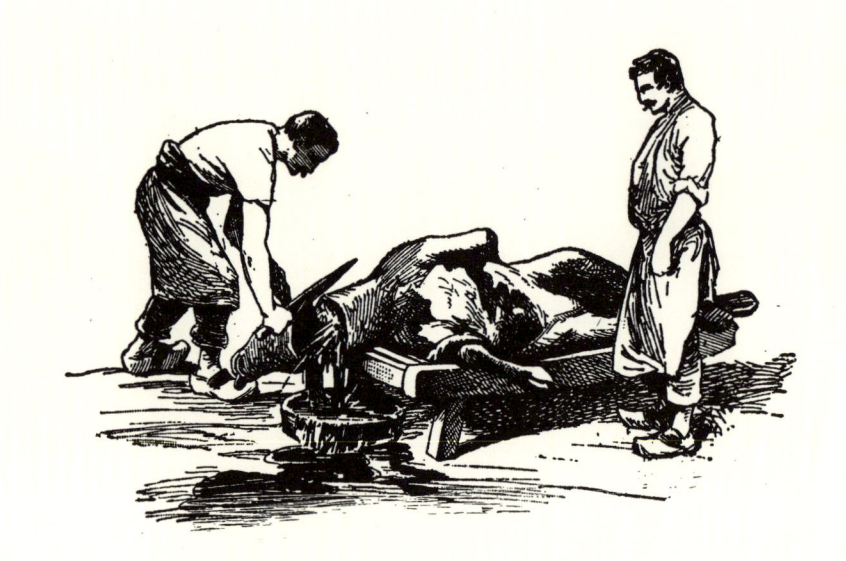

La section des artères carotides

Les dessins de l'Anderer sont de pâles copies d'œuvres de Paul Cézanne,
Vincent Van Gogh, le Caravage, Camille Pissarro et Rembrandt.

L'écriture manuscrite de la lettre de Diodème
a été savamment ciselée par Claude de Saint Vincent.

Les paroles de la chanson de l'Anderer sont de Die Ärzte.

Une pensée reconnaissante pour Cabu, qui m'a fait découvrir la voie du dessin.
Sa présence bienveillante est derrière chacun de mes traits.

Manu Larcenet

MANU LARCENET

Chez le même éditeur

L'Armure du Jakolass, d'après Christin et Mézières
Blast (1) Grasse carcasse
Blast (2) L'Apocalypse selon saint Jacky
Blast (3) La Tête la première
Blast (4) Pourvu que les bouddhistes se trompent
Chez Francisque (3) Une année vue du zinc – avec Yan Lindingre
Chez Francisque (4) Tout fout le camp – avec Yan Lindingre
Le combat ordinaire (1)
Le combat ordinaire (2) Les Quantités négligeables
Le combat ordinaire (3) Ce qui est précieux
Le combat ordinaire (4) Planter des clous
Le combat ordinaire (Intégrale)
Les cosmonautes du futur (1) scénario de Lewis Trondheim
Les cosmonautes du futur (2) Le Retour – scénario de Lewis Trondheim
Les cosmonautes du futur (3) Résurrection – scénario de Lewis Trondheim
Les Entremondes (1) Lazarr – avec Patrice Larcenet
Les Entremondes (2) Les Eaux lourdes – avec Patrice Larcenet
Nic Oumouk (1) Total souk pour Nic Oumouk
Nic Oumouk (2) La France a peur de Nic Oumouk
Nic Oumouk, La totale (Intégrale)
Le retour à la terre (1) La Vraie Vie – avec Jean-Yves Ferri
Le retour à la terre (2) Les Projets – avec Jean-Yves Ferri
Le retour à la terre (3) Le Vaste Monde – avec Jean-Yves Ferri
Le retour à la terre (4) Le Déluge – avec Jean-Yves Ferri
Le retour à la terre (5) Les Révolutions – avec Jean-Yves Ferri
Le retour à la terre (Intégrale des tomes 1 à 3) avec Jean-Yves Ferri
Une aventure rocambolesque de... Sigmund Freud, Le Temps de chien
Une aventure rocambolesque de... Vincent Van Gogh, La Ligne de front
Une aventure rocambolesque de... Robin des bois, La Légende de Robin des Bois
Une aventure rocambolesque de... Attila le Hun, Le Fléau de Dieu – avec Daniel Casanave
Une aventure rocambolesque du... Soldat inconnu, Crevaison – avec Daniel Casanave

Autres éditeurs

Donjon Parade (5 tomes) avec Lewis Trondheim et Joann Sfar – Delcourt
Pedro le coati (2 tomes) coscénario et dessin de Gaudelette – Dupuis
À l'ouest de l'infini dessin de Julien/CDM – Fluide Glacial
Bill Baroud (3 tomes) – Fluide Glacial
Chez Francisque (Tomes 1 et 2) avec Yan Lindingre – Fluide Glacial
Guide de la survie en entreprise – Fluide Glacial
La Jeunesse de Bill Baroud – Fluide Glacial
La Loi des séries – Fluide Glacial
Minimal – Fluide Glacial
Soyons fous (2 tomes) – Fluide Glacial
Les Superhéros injustement méconnus – Fluide Glacial
Ni dieu ni maître ni croquettes avec des textes de Patrice Larcenet – Glénat
30 millions d'imbéciles avec des textes de Patrice Larcenet – Glénat
L'Angélus de midi – Les Rêveurs
L'Artiste de la famille – Les Rêveurs
Correspondances avec Jean-Yves Ferri – Les Rêveurs
Critixman – Les Rêveurs
Dallas Cowboy – Les Rêveurs
Ex abrupto – Les Rêveurs
Microcosme – Les Rêveurs
Nombreux sont ceux qui ignorent – Les Rêveurs
On fera avec – Les Rêveurs
Peu de gens savent – Les Rêveurs
Presque – Les Rêveurs
Le Sens de la vis (2 tomes) avec Jean-Yves Ferri – Les Rêveurs
De mon chien comme preuve irréfutable de l'inexistence d'un Dieu omniprésent – 6 Pieds sous Terre

©DARGAUD 2016 PREMIÈRE ÉDITION

Conception graphique : Aude Charlier & Adrien Samson

Imprimé sur un papier issu de forêts gérées durablement. Tous droits de traduction, de reproduction et d'adaptation strictement réservés pour tous pays. Dépôt légal : juin 2016
ISBN 978-2205-07540-3 • Imprimé et relié en France par PPO Graphic • www.dargaud.com